投身

白石一文

文藝春秋

投身

装画　守山友一朗
「Jeux d'eau」2022
©Yuichiro Moriyama
装幀　関口聖司

1

店を出ると雨は上がり、空の真ん中に白い月が出ていた。

「あら、月」

見送りに出てきた順子ママが言う。

「ほんとだ」

二階堂さんが少し億劫そうに空を見上げながら呟(つぶや)いた。

「今日もずっと雨だって天気予報で言ってたのに」

「いや、この分だと晴れるね」

二階堂さんの口調は、やれやれまた暑くなるのか、という感じだった。

飲んでいるときも「七十を過ぎると冬より夏だよ。骨身に芯からこたえるのは……」としきりにこぼしていたのだ。

今年の夏はとびきり早かった。梅雨はどこかへ行ってしまい、六月末から猛暑日が続いた。全国各所で「観測史上初」の最高気温が記録されたのだ。

二階堂さんはこの四月に七十三歳になった。同じ四月に四十九歳になった旭とはちょうど二回り違いだ。

二階堂さんは二言目には「歳だ、歳だ」と言うが、ちっとも老けていない。見た目でなら優に一回り分以上は若い。生活の労苦とは生涯無縁のお金持ちだし、還暦を過ぎた頃に家業の不動産業を長男に代替わりして、悠々自適の暮らしがすっかり板に付いていた。

旭は何も言わずに左側が大きく欠けた三日月を眺めている。

輪郭はくっきりしていて、仄かな月光に照らされた周囲の空に雲らしきものは見えない。たしかに今日は晴天だろう。

「ママ、これ」

二階堂さんが手にしていた傘を差し出す。

順子ママは黙って受け取り、

「旭さんのも預かっておこうか？」

旭に訊ねる。

「私は大丈夫」

そう言って、きれいに畳んだ自分の傘を抱き締めるようにした。ちょっと酔ってるな、と我ながら思う。

「今夜にでもまた寄るよ」

二階堂さんは言うと、

「旭ちゃん、行こうか」

促してきた。

明かりの乏しくなった商店街を二階堂さんと雨靴で歩く。店を出るとき確かめたら時刻は午前二時ちょうどだった。かつては二人で朝まで飲み明かすこともあったのだから、二時はまだ宵の口か。とはいえ、今夜も二階堂さんと旭がスナック「輪(りん)」の最後の客だった。

そういえば一番最後に夜明けまで飲んだのはいつだったろう?

ふと思う。

コロナになってからはそれどころじゃなかったので、早くて三年前?　それとも四年前?

なるほど二階堂さんもコロナのあいだにいつの間にか歳を取ったのかも知れない。もちろん私もだけど……。

「輪」は三ツ又商店街の中ほどにあるので、身代わり地蔵尊までは百メートルくらいだった。大井町界隈で生まれ育った二階堂さんは、地蔵尊のお堂の前に来ると必ず立ち止まって合掌礼拝する。彼と一緒の折は旭も並んで手を合わせるのだが、ふだん通りがかったときは何もしなかった。

その小さな地蔵堂まで二人でゆっくりと歩く。

「モトキ」を閉めて「輪」に向かったときは雨だった。傘無しだとぐっしょり濡れそうな目の細かい雨だ。区役所そばの「モトキ」から「輪」までは歩いて十分程度。それでも雨靴に履き替えて正解だったのだ。

二階堂さんが住む池上通り沿いのマンションからだと五分くらいのものだが、彼もレインシューズを履いてきていた。そういうところはいつもながら万事抜かりがない。

「この町の連中はうちの親父のことばかり褒めるけどね、親父の事業を倍の倍にしたのは僕なんだよ」

大井町で戦前から不動産業を営んでいた二階堂誠一氏は、空襲で焼け野原になった品川の町の復興に大活躍し、最後は品川区の名誉区民にもなった人だった。昭和二十八年、阪急大井店の開店にあわせて始まった夏の風物詩「大井どんたくまつり」を有志を募って起ち上げたのも誠一氏で、区の歴史館には写真も飾ってあるという。

「親父さんって、息子の昭一さんにとってはどんな存在なんですか?」

いつぞや「輪」で常連の一人に訊かれて、

「うちの親父はね、いなくなっても煙ったい人」

二階堂さんは即座にそう答えていたが、〝大井町のドン〟とも呼ばれた初代ととかく比べられてきた二代目の屈折が「昭一さん」にはある。

二階堂さんとは知り合ってもう九年目だった。ずっと彼を見てきて、父親の事業を「倍の倍にした」というのは大袈裟ではなかろうと旭は思っている。

宿場町として栄えた品川の生まれらしく二階堂さんはあけっぴろげで世話好きだが、一方で念入りの用心深さも兼ね備えていた。

これは区役所で収入役をやっている内山田さんから以前聞いた話だが、二階堂さんは八〇年代後半の不動産バブル期に社長の誠一氏を諫(いさ)めて、決して投機的な取引に手を出させなかったらしい。

「バブルがはじけたあと、そのおかげで二階堂地所は一人勝ちができたんだよ」

「モトキ」の常連の一人である内山田さんは言っていた。

九〇年代に入るとほどなく先代は会長に上がり、専務だった二階堂さんが社長の椅子に座った。「倍の倍」はきっとそこから始まったのだと思う。

「夜風は結構涼しいじゃないですか」

「そう?」

二階堂さんはゆっくりと歩を進めながら首を傾(かし)げる。八月も今日で終わりだった。

「涼しいですよ」

傘を右手に持って旭は手を広げる。

「そうかなあ。雨も降ったし、空気が湿気てるよ」

「それがかえっていいんです」

二階堂さんは何も返してこなかった。

「なんだかねえ……」

しばらくして呟くように言う。

「春とか秋とか、いつの間にかなくなっちゃったねえ」

旭は黙って続きの言葉を待つ。

「酷暑の夏が終わって長雨や台風がやってきて、気づいてみたらあっと言う間に凍てつく冬になって、厳寒の冬が終わってまた長雨や台風がやってきて、それでもって気づいてみたらまた猛暑の夏だろ。この国はいつの間にかそんな国になっちまったよ」

「でも、桜だって毎年咲くし、秋には紅葉も色づきますよ」

「まあねえ」

そんなとりとめないやりとりをしているうちに「大井三ツ又」の交差点に着いた。ここで三本道はそれぞれ太い二つの道に分かれる。向かって右が湘南新宿ラインの「西大井」に繫がる光学通り、左が京浜東北線の「大森」に繫がる池上通りだった。

例によって二階堂さんが身代わり地蔵尊のお堂の前に直立し、ズボンの尻ポケットから札入れを抜くと千円札を一枚出して、小ぶりの賽銭箱に入れる。

隣に立った旭もバッグの小銭入れから百円玉を取って賽銭箱に放った。

めずらしく先に合掌を解いていた二階堂さんが、

「なんてお願いしたの？」

と訊いてきた。

「二階堂さんは？」

「僕は、早くちゃんとした秋が訪れますようにってね」

「私は、もうこれ以上、仕入れ値が嵩みませんようにってお願いしました」

「そんなに値上がりしてるの？」

ちょっと意外そうに二階堂さんが言う。旭は大きく頷く。

「お肉も野菜もパスタもケチャップもドレッシングも何でもかんでも。特に高くなっているのは油なんですけど」

「そうなんだ」

「だからといってうちみたいな店はすぐに値上げってわけにはいきませんから」

旭が、「ハンバーグとナポリタンの店　モトキ」を始めたのは七年前、二〇一五年（平成二十七年）の五月だった。

「だけど、戦争ももうしばらく続くみたいだし、物価はまだまだ上がるかもしれないよ」

「そんなの困ります」

二月末に始まったウクライナとロシアの戦争は一向に終わる気配がない。

「せっかくお客さんも戻ってきてくれたのに、いま値上げってわけにもいかないし」

「うーん」

旭にとって二階堂さんは、店舗と住居の両方の大家さんでもある。

「でも、家賃を下げてくれなんて言いませんからご心配なく。いまより安くなったらますます磁一(じいち)さんに勘繰られそうです」

磁一さんというのは二階堂さんの長男で、二階堂地所の現社長だった。彼はどういうわけだか最初から旭のことを父親の愛人と疑っているのだ。

とはいえ、その磁一さんも「モトキ」の常連の一人ではある。

二階堂さんは若い頃は陶芸家を目指していたのだという。父親の猛反対で断念し、大学卒業後、銀行勤めを経て二階堂地所に入社した。

長男を磁一、長女を陶子(とうこ)と名付けたのは、陶芸家志望だった頃のせめてもの名残りなのだと本人が言っている。

「磁一のやつ、まだそんなことを旭ちゃんに言ってるのか?」

「最近はヘンな言い方はしないけど、でも、いまでも充分に怪しんでいるとは思います」

「まったく……」

半分愉快そうな顔で毒づくのはいつも通りだった。

「大井三又」交差点の長い歩道橋を渡って池上通り沿いに建つ十五階建てのマンションの入口まで二階堂さんを送っていく。

深夜とはいえ街灯は明るく、車もたくさん行き交っていた。歩道橋の上から眺めると通行人の姿もちらほら見える。

五分と歩かずにエントランスに到着した。

この賃貸マンションの最上階が二階堂さんの自宅だった。むろんマンションのオーナーは二階堂さんだ。

磁一さん一家は御殿山(ごてんやま)の高層マンションに住み、長女の陶子さん一家は高輪(たかなわ)にある旦那さんの実家で暮らしている。なので、二階堂さんは十年前に奥さんを亡くして以降、ずっとこのマンションに一人住まいなのだった。

「じゃあ、おやすみなさい」

旭がエントランスのドアの前で軽くお辞儀をすると、

「旭ちゃん、今度の土日のどっちかで時間くれないかな」

普段はあっさり木目調の扉の向こうに消える二階堂さんが言った。

「いいですよ。土日のどっちがいいですか?」

「どっちでもいいよ。例の洗車男が来ない日にすればいい」

「だったら土曜日にしましょうか」

「ああ」

二階堂さんは頷き、

「夕方、僕の部屋で飯でも食おう。うな重でも用意しておくから」

そう言って、ビルの上の方を指さしてみせる。

十五階の部屋には何度か上がったこともあるが、それにしても滅多にないことだった。

何かあらたまった話でもあるのだろうか、と旭は思う。

「モトキ」は土日定休なので週末はだいたいヒマだった。

ただ、ここ一年ばかりは土日のどちらかで藤光が車を洗いに来ることが多いので、その日は家にいる必要があった。二階堂さんの言う「例の洗車男」というのは藤光のことで、彼と二階堂さんとは一度だけ顔を合わせたことがある。

旭が「土曜日」と言ったのは、週間予報では日曜日に晴れマークがついているのを憶えていたからだ。

空模様に敏感なのは商売柄だが、藤光のせいで最近は土日の天気まで気になるようになってしまった。

2

昨日は午後から小雨交じりの曇天に変わり、二階堂さんのマンションを訪ねた夕暮れ時には半袖だとひんやりするほどの風が吹いていたが、今日は朝からよく晴れて真夏を思わせるような陽気だった。

温暖化のせいなのか、二階堂さんの言うように日本の四季はすっかりメリハリを失ってしまった気がする。

旭の記憶でも、むかしはお盆休みが過ぎるとだいぶ暑さもやわらいで、学校が始まる頃にはもう秋の気配が感じられたものだ。

デパートやブティックのショーウインドーに秋物が並び出す光景に違和感を覚えるようになったのは一体何年前くらいからだろう？

今夏は、パキスタンでは国土の三分の一が冠水する大雨が降り、ヨーロッパでは熱波のために過去五百年で最悪の干ばつらしい。ロンドンの最高気温は四十度を超え、東京都心の猛暑日も観測史上最多の十六日を記録したそうだ。

そしてそんな異常気象のさなかにロシアとウクライナは半年以上も戦争を続けているし、新型コロナのパンデミックも終わりが見えずに三年目に入っている。そういえばこの七月には安倍元総理が参議院選挙の遊説中に旧統一教会に恨みを持つ男に射殺されたのだった。

昨夜、二階堂さんが、

「こんな時代だしね、多少の強がりも交えて言うと、そろそろ潮時のような気がしているんだ。ここ十年くらいは、もうそんなに長く生きたいと思わなかったしね。正直な話、これからどんどん悪くなっていく世の中を黙って見ているなんてうんざりなんだよ」

と口にしたとき、こころのなかで旭は深く同意していた。

潮時というのなら自分なんてとっくのむかしに潮時だ——そう思ったのだ。

人はいずれ死ぬ。どんなに恵まれた人生を与えられたとしても、最後は絶対に死ぬ。生き方は選べても死に方は選べない。自分がいつ、どんな形で死ぬかは誰にも分からないのだ。だとすれば、二階堂さんの昨夜の告白もさして驚くべきものではないし、その要求も別段異常なものでもないのだろう。それに何より、彼とのあいだには歴とした約束が交わされ、提示された交換条件はこの九年近く、しっかりと守られてきたのである。

午前十一時過ぎに藤光からいつものＬＩＮＥが入った。

「カツ丼いりますか？」

それだけ。

北千住(きたせんじゅ)の自宅を出るときにＬＩＮＥを寄越すので、あと一時間ほどでここにやって来る。

それもいつもの通りだろう。

「はい」

と打って画面を閉じる。返事がないのはこの一年で分かっていた。

藤光は面と向かっても余り口をきかないが、ＬＩＮＥのやりとりでも同じだった。根っからの無口ということかもしれないが、むかしはそうではなかった気もする。妹の麗（うらら）と一緒になる前後はどちらかというと快活でよく喋る印象ではなかったろうか？あれは麗をモノにするためのニセの人格だったのか、それともあっちがホンモノで、いまの彼がニセモノなのだろうか？

麗や藤光とたまに顔を合わせていたのは、日向（ひなた）や陽介が生まれるまでで、そのあとは藤光の札幌転勤などもあってすっかり疎遠になった。

急に付き合いが復活したのはここ一年なので、藤光の寡黙が生来のものかどうかの判別は旭にはつかない。

正午のニュースが始まってすぐに駐車場に車がすべり込む音がした。ほどなくインターホンのチャイムが鳴る。テレビを消して旭は玄関に向かった。

ダイニングキッチンのテーブルで藤光と差し向かいでカツ丼を食べた。

旭は缶ビールを飲むが藤光は、これも自身で買ってきたペットボトルのウーロン茶だ。彼はアルコールは余り口にしない。むかしはたまに飲んでいたようだが、洗車が趣味になって以降はほとんど飲まなくなったと言っていた。

「いつなんどき車を洗いたくなるか分からないからね」

「夜だったら飲んでもいいじゃない。どうせ洗車場も開いていないんだし」

「それがそうでもないんだ。松戸あたりまで飛ばせば二十四時間やってるところもあるから」

「じゃあ、ヒカル君、夜中に車を洗いに行ったりするんだ」

「たまにだけどね。眠れないときとか」

「うちは夜は駄目だよ、近所迷惑だし」

「そんなの分かってるよ」

旭は藤光のことを「ヒカル君」と呼んでいる。麗がそう呼んでいるので自然にそうなった。

藤光の名前は「種村藤光」。

藤光という名前は地味に変わっていると思う。ちなみに四つ違いの兄は銀光で、これで「かねみつ」と読むらしい。実家は笠間(かさま)の栗農家で、そこは長男の銀光が継いでいる。藤光の方は都内の私立大学を出るとそのまま厨房機器の製造販売会社に就職し、同期入社の麗とはそこで知り合った。短大出の麗は藤光の二つ年下である。

「札幌にいた頃は、夜もしょっちゅう洗いに行ってたんだけどね」

懐かしそうな表情で藤光が言う。洗車のこととなると俄然饒舌になる。

「そうなんだ」

車自体にまるきり興味のない、ほとんどペーパードライバーの旭にすれば、「洗車」が趣味という人間の存在自体が謎でもあった。

「北海道は二十四時間営業の洗車場がいっぱいあるんだ」

「へぇー。やっぱり広いからね、北海道は」

当然、会話はそれ以上は続かない。

今日の藤光は例によって黙々とカツ丼を頬ばっている。

洗車に来るようになってしばらくした頃に、このカツ丼を振る舞うと、いたく気に入ったらしかった。それ以来、車を洗いにくるときは決まって「カツ丼いりますか?」とLINEで問い合わせてくるようになった。

旭が「今日はいりません」と返信すると自分の分だけ買ってくる。

カツ丼は大井町の西友で売っている「だし香るロースカツ重」で一つ四百円ちょっとの商品だ。もともと旭も好物にしていたから出したのだが、それにしても彼がこんなにハマるとは思っていなかった。

旭は若い頃から料理が苦手だった。

苦手というよりも好きではなかった。両親が三鷹で定食屋を営んでいて、いつも厨房で鍋をゆすり、フライパンを振っている姿ばかり見ていたせいか、料理はあくまで仕事であって、旭にすれば日常とはなり得ない種類のものだった。

だから、この歳になっても自分で作るのはハンバーグとナポリタンの二つだけで、いまではそれをタネに商売をやっている。

普段の食事はほぼすべて出来合いのもので済ませていた。家ではそばやうどんを茹でるくらいで、台所に調理器具はほとんど置いていない。炊飯器もなかった。ご飯が食べたくなったら店の残りを持って帰るようにしている。

カツ丼を食べ終わると、藤光は、ベランダから庭に出た。

旭の借りている一戸建ては築三十年余りの古い平屋だが、かわりに庭と屋根付きの駐車場がついていた。ベランダの向こうが広い芝生で、その芝生の一部を潰す形で左隅に駐車場が設えられている。

いまはその駐車場に藤光の白いＢＭＷがとまっていた。

芝生の中央までサンダル履きで歩くと、藤光はしばらく空を見上げていた。

五分ほどでダイニングルームに戻ってくる。

「何か先に観る?」

と訊いてきた。

どうやらもう少し雲が出るのを待つつもりのようだ。洗車マニアのあいだでは、「洗車はくもりの日」と決まっているらしい。

「晴れて暑い日は、ボディの水分があっと言う間に干上がるからね。シャンプーの水はもちろんだけどすすぎの水でも乾くと速攻水アカに変化しちゃうんだ」

要するに丁寧な拭き上げのためには曇り空がどうしても必要なのだという。

藤光の洗車はおおよそ三時間くらいはかかる。ホイール洗浄↓タイヤ洗浄↓ボディとウインドー洗浄↓ホイールとタイヤのコーティング↓ボディのコーティングとワックスという順番で作業が進み、その過程のなかで毎回、「今日はどこを重点的に攻めるか」というテーマがあるのだそうだ。

今日はホイール、今日はタイヤ、今日は細かいパーツ、今日は窓の油膜取り、今日はボディ磨き——そうやって幾つかのテーマを順繰りでこなしていくうちにまた最初のテーマへと回帰するらしい。

「だから、洗車に終わりはないんだよね」

きれいに仕上がって、ピカピカになった愛車を眺めながら藤光はときどきそんなふうに洩らす。そのときの表情は満足げでもあり、一方でどこか苦行僧めいた雰囲気もある。

「ヒカル君にとっての洗車って修行みたいなものだね」

一度そう言うと、

「たしかに」

藤光は納得顔で頷いていた。

三時間のメニューが終わっても、インテリアの清掃やフロアマットの洗浄、エンジンルームの汚れ取りなどが追加されると洗車時間はさらに延びる。

先々月、七月の半ばにやって来たときは「年に数日とない絶好の洗車日和」だったらしく、午前十時頃に着いて、夕方、日が暮れるまでずっと車を磨いていた。

結局、その日は、Netflixを一緒に観るでもなく、彼は作業が終わるとそそくさと引きあげていったのだった。

「時間はどれくらいあるの?」

「二時間くらいは大丈夫だよ」

藤光が言う。

「じゃあ、ブラッド・レッド・スカイを観ていい?」

先週来たときにも誘ったのだが、その日は藤光の洗車が長引いて一時間弱のドラマを一本観ることしかできなかったのだ。

「ブラッド・レッド・スカイ」はハイジャックされた旅客機の中で、怪物に変身した乗客の女性と犯人グループとが血みどろの戦いを繰り広げるというパニックホラー映画だ。

「いいよ」

藤光は一度、ベランダの向こうの空へ視線をやってから頷く。

一年ほど前、ひょんなことから彼が洗車に来るようになって、駐車場を使わせる交換条件というわけでもなかったが、Netflixのドラマや映画を一緒に観て貰うことにしたのだった。

旭の休日のたのしみと言えば、シャツ作りと、それに映画やドラマ鑑賞だった。シャツ作りの方は会社員時代からの趣味なのでかれこれ二十年余りに及んでいる。いまではプレゼントする同僚や取引相手、友人、恋人もいないし、店に立つときのユニフォームとして年に何着か縫うくらいだったから、ここ数年の唯一の娯楽は映画やドラマで、ところがコロナが始まってからは週末の映画館通いを封じられ、もっぱらNetflixに頼るしかなくなってしまったのだ。

Netflixを使い始めて一つ大きな問題が生じた。

ホラー系ないしは残酷なシーンの出てくる作品を観ることができなくなったのである。もともとホラーやスプラッターはさほど好きではなかったが、それでもいまの映画やドラマには多かれ少なかれそのようなシーンが織り交ぜられている。

映画館で大勢の観客と一緒に鑑賞している分にはまるで気にならなかったのが、一人きりの部屋で視聴するようになるとそっち系のシーンがあとあとまで尾を引いて、悪夢を見たり夜中の小さな物音が気になって寝付けなかったりと実害が出るほどになった。

マジでヤバイな、と思ったのが去年の九月に「イカゲーム」を観始めたときで、第一話を観終えたところで断念せざるを得なかった。この程度の〝残酷レベル〟で駄目だとすると大抵の作品が引っかかってしまう。これは困ったと途方に暮れていたところにちょうど藤光がやって来るようになったのだ。

　彼に頼んで、一緒に「イカゲーム」を一話から三話まで続けて観て貰った。するとその晩は悪夢にうなされることもなく、夜中に目を覚ますこともなかった。

　それからも藤光と一緒だと「スマホを落としただけなのに」も「着信アリ」も「今、私たちの学校は…」も「新感染」もちゃんと最後まで観ることができた。そして、そうやって何度か付き合って貰っているうちに洗車の日は、車を洗う前後どちらかにNetflixのドラマや映画を二人で観るのが定番になったのである。

「ねえさん、どっかで晩御飯でも食べない？」

　映画を観終えたあとすぐに取りかかった作業が終わり、洗面所で手を洗っていた藤光がダイニングに戻って声を掛けてくる。時計の針はとうに五時を回っている。

「時間はあるの？」

　秋用のシャツを縫っていた旭が手を止めて藤光の方を見る。

　ダイニングキッチンの隣が引き戸の嵌（はま）った八畳ほどのリビングで、そこに絨毯を敷き詰め、テレビと二人掛けのソファ、ローテーブルを置いていた。シャツを縫うときはいつもソファに座って作業する。映画やドラマのときはそこに藤光と並んで座って観ていた。

　この家にはダイニングとリビング以外に六畳ほどの部屋が二つあって、その二室は玄関へと通ずる廊下の右側に並んでいる。一つは寝室として使っているが、もう一つは本棚を置いただけの空き部屋だった。洗面所、浴室、トイレは廊下の反対側に配置されている。

もともとここは二階堂さんの父方の親戚のために誠一氏が建てたものだそうだ。その人が大学を出るまで使い、それからは人に貸していたが、旭が借りる以前の十年ほどは借り手も募らずに二階堂さんが書斎代わりに使っていたらしい。

品川区役所のそばのこんな一等地に庭付きの平屋の一戸建てを長年所有し、それをタダ同然で貸してくれている点からも二階堂さんの財力の大きさが窺われる。

「今夜は麗たちはいないんだ」

藤光が言う。

「いない?」

「うん。三人で笠間に出かけてる。一泊して明日の夕方戻る予定」

笠間には藤光の実家があった。

「日向たちの学校は?」

姪の日向は高二、甥の陽介は中二のはずだった。二人とも元浅草にある同じ中高一貫校に通っている。

「明日は学校の創立記念日で休みらしいよ」

「そうなんだ……」

笠間には栗農家を継いだ藤光の兄、銀光一家と数年前に脳梗塞を起こしていまは車椅子暮らしの父親が住んでいる。藤光たちの母親は彼が中学のときに亡くなっていた。

何年も鬱で苦しみ、最後は納屋で縊死(いし)したのだという。

「たまにはおごらせて貰うよ」

「じゃあ、お言葉に甘えようかな」

旭は縫いかけのシャツをソファにそっと置き、針を針箱に戻すとゆっくりと立ち上がった。

3

三又商店街の「天功(てんこう)」に藤光を連れて行った。

コロナの前はちょくちょく食べに来ていた店だが最近はたまに顔を出す程度だ。美味しい広東料理が安く食べられるので、土日はいつも満席で、ことに行動制限が撤廃された五月以降はコロナ前と変わらぬ活気を取り戻している。

今夜も満員だったが、家を出る前に電話をしておいたので一番奥のテーブル席を空けて待っていてくれた。

オーナーシェフの近藤さんは「輪」の常連の一人で、旭とも親しかった。

「天功」は「輪」の二軒隣の店なのだ。

テーブルに差し向かいで座り、おしぼりを使っていると若い店員が飲み物を訊きにくる。

「私は生ビール」

旭が言うと、

「僕も同じで」

藤光が答える。

「お酒はだめでしょう」

店員が去ってから注意する。

「車の中でひと眠りしてから帰るよ」

藤光にしてはめずらしいことを言った。

「だったらうちの空いてる部屋を使ってちゃんと寝てちょうだい。布団はあるから」

麗たちが帰宅するのは明日の夕方と言っていたので今夜は帰る必要もないのだろう。とはいえ、旭の家に彼が泊まったことなどなかった。

「麗と何かあったの？」

「そうでもないけど」

藤光が曖昧な返事をした。

中華豆腐、バンバンジー、ニンニクの芽と豚肉の細切り炒めを注文する。生中（なまちゅう）一杯だけで旭が紹興酒に切り替えると、「グラス二つね」と藤光が店員に声を掛ける。

「ビール一杯だけにしなよ」

と言うと、

「空いてる部屋でちゃんと寝てから帰れって言ったじゃない」

混ぜっ返してきた。

もともと藤光は慎重な性格で、よもや酒気帯びでハンドルを握るようなタイプではないので、旭も内心で「ま、いいか」と思う。二階堂さんを除けば誰かとこうして一緒に飲むのは久方ぶりだった。

去年、会社員時代からの親友の山口真由里（まゆり）と門前仲町（もんぜんなかちょう）で二人忘年会をやったのが最後だった気がする。

「じゃあ、今夜は飲もうか」

さっきと正反対のことを言うと、藤光がわずかに笑みを浮かべて頷いた。

それからは差しつ差されつで二人で飲む。

「この店、美味いね」

追加で頼んだ〆のかた焼きそばを頬張りながら藤光が言う。

紹興酒の四合瓶もほとんど空になり、彼の顔はほんのり赤く染まっている。旭の方はちっとも変わりがない。

「兄貴の嫁さんって、ねえさんも何度か会ったことあるよね」

「うん。奈央子さんでしょ」

旭たちの親は二人とも亡くなり、三鷹のマンションもすでに処分済みだった。なので、例年正月は笠間に帰省している藤光一家を訪ねて、日向と陽介にお年玉を渡している。去年はコロナで自粛したが今年の正月はレンタカーを借りて年賀の挨拶に行った。

「彼女が来月、実家の敷地にカフェを開くんだ」

「カフェ？」

初耳だった。正月、銀光一家、藤光一家とみんなで正月料理を囲み、そのとき奈央子さんとも喋ったが、そんな話は出なかった。

「栗を使ったケーキやタルトを作って出すらしいよ。二年くらい前に自家製の栗のロールケーキを笠間の道の駅で売り出したら、それがかなり好評らしくてね。地元のテレビなんかでも紹介されて、それで、庭の一部を潰してカフェと販売所を作ろうっていう話になったらしい」

「そうなんだ」

「その相談もあって麗たちは出かけたんだ」

「相談？」

「カフェを開くにあたっては麗もいろいろアイデアを求められているんだ」

「なんで？」

「そりゃ、麗だって六三郎(ろくさぶろう)の娘だからじゃない？」

「六三郎」というのは、旭たちの両親が三鷹でやっていた定食屋の名前だ。父が亡くなったあとは母が一人で切り盛りしていたが、その母も十年近く前に死んで、店は人手に渡った。いまは店名を変えて居酒屋になっているようだが、旭は店の前を通ったことさえ一度もなかった。

「六三郎」は三鷹では名の通った食堂で、グルメ本やガイドブックには必ず紹介される人気店でもあった。

「麗に相談したって意味ないよ」

旭が言う。

「なんで？」

「あの子、商売っ気(け)はゼロだから」

「商売っ気？」

藤光が訊き返してくる。

「そう」

「そんなことないよ。あいつは子供たちが巣立ったら六三郎を復活させたいってずっと言ってるから」

「そっちの商売っ気じゃなくて、私が言っているのは正真正銘、商売の気ってこと」

「商売のキ?」

また訊き返してくる。

「元気の気、病気の気、商売っ気の気」

「なに、それ?」

藤光はますます分からないような顔をしていた。

「六三郎はおとうさんの舌とおかあさんの商売の気で繁盛してたの。で、その二人の遺伝子は全部、私に来ちゃったのよ。だからあの子が商売をやってもそこそこにしかならないの。奈央子さんも麗に相談してるようじゃあ繁盛店は作れないと思うよ」

「へぇー」

藤光は感心したような声を出す。

「ねえさんの舌が凄いってのは麗に聞いたことあったけど。六三郎で新作を出すときは必ずおねえちゃんに味見して貰ってたとか、モトキが繁盛しているのはおねえちゃんの舌の力のおかげだとか……」

「どんなに美味しい料理を出す店でも、客を呼び寄せる〝気〟がなくちゃ繁盛はしないのよ。母が先に死んで父だけで店を続けていたら六三郎はきっと駄目になってたよ」

「じゃあ、ねえさんは両方持っているんだ。だから、自分は滅多に食べないハンバーグとナポリタンの店を出しても当たっているってわけだね」

「滅多にじゃない。私は、店のハンバーグもナポリタンも一度も食べたことないから」

「一度もないってのは大袈裟でしょ。だって季節ごと、月ごとに味を微妙に変えているって言ってたじゃない」

「そうだよ」

「だったら……」

「毎月、使う肉を変えているわけ。大井町界隈で付き合いのあるお肉屋さんが何軒かあって、月ごとに店だけじゃなくて肉の銘柄も変えてるの。うちのは豚と牛の合いびきなんだけど、配合の割合もそれぞれの肉の味を確かめて決めているしね。出来上がったハンバーグの味見はしないけど、ひき肉の味はちゃんと見てるんだよ」

「だったらハンバーグの味見もすればいいんじゃないの？」

藤光がいかにも不思議そうな表情で訊く。

「ハンバーグは好きじゃないんだよ。ナポリタンもケチャップ、バター、パスタの種類を毎月、全部変えてるけど、店で出すナポリタンは食べたことがないし」

「じゃあ、ナポリタンも嫌いなわけ？」

「好きじゃない」

「うーん」

以前、似た話をしたときと同じように藤光は釈然としない様子だった。

「ファッションデザイナーだってほとんど男でしょ。それと同じだよ」

「ちょっと違うと思うけど……」

藤光はボトルに残っていた紹興酒を自分のグラスに注ぐと、一息で飲み干した。

「ねえさんって、もしかして天才？」

真顔になって言う。

「いやだなあ、そういう営業マン的なトークは。私も勤めているときさんざんやったけど、もう二度とやらない」

旭が言うと藤光が苦笑いした。

藤光は長年、厨房機器のセールスをやっているが、旭も短大を出ると医療機器メーカーに就職して、四十一歳で退職するまでの二十年近く、レントゲン装置や内視鏡、各種分析機器などの営業に携わっていた。

最初の二年間は内勤だったが自ら志願して現場に出ると、一定の営業成績を積み重ねて、以後はずっとセールスとして働くことができたのだった。

4

父の名前は兵庫元基。彼は終戦の年、昭和二十年の十一月に生まれた。

元基の母親は兵庫琴美。父親はいない。

当時は出征兵士の子を宿した女性が夫の戦死で母子家庭になる例は多々あったようだが、彼の家はそうではなかった。

琴美が不倫の末に産み落としたのが元基だった。

琴美の実家である兵庫家は代々、鹿島神宮の神官を務めていた。そのため、琴美が不義の子を身ごもったと知った父親は即刻娘を勘当したという。

都内の産院で出産した琴美は、乳飲み子を抱えて三鷹に移り住み、そこで書道師範の免状を活かして小さな書道塾を開いた。

旭の母となる岡山鈴音は三鷹駅前のパン屋「岡山ベーカリー」の一人娘で、もとは琴美の開いた書道塾の塾生であった。元基も母の塾に通ったので、二人は幼い頃からの顔見知りだったのだ。

元基は幼少期より母親譲りの才能を発揮し、塾内でも一目置かれる存在だった。鈴音は二歳年少ながらも華麗な筆遣いで美しい文字を描く元基のことをずっと憧れの目で見ていたという。

「おとうさんは料理の腕前も素晴らしかったけど、でも、書の非凡さは次元の違うレベルだった」

夫を亡くしたあとも、鈴音はことあるごとにそんなふうに言っていたのだ。

中学を出ると元基は、母親の書道仲間が経営している赤坂の料理屋に板前見習いとして住み込んだ。これは琴美の計らいで、やがて書家として大成するには若い時分に世間の荒波にもまれるのが必須だと彼女は考えたのだった。

琴美の誤算は、元基には書の才能のみならず料理人としての格別な才能が備わっていたということだ。元基はいまで言う「神の舌」の持ち主だった。

つらいはずの板前修業も楽しいばかりで、彼はやがて書家への道はうっちゃって料理人として大成するのを夢見るようになる。

これには琴美が慌てた。いずれは嫁に迎えようと密かに考えていた鈴音を息子の元へと送り込み、二人でタッグを組んで強く翻意を促した。

すでに恋仲だった鈴音もまた元基の書の才能を深く惜しんだ一人だったのだ。

母親と恋人の説得を受けて元基の気持ちは揺れたが、それでも板前を辞めるという踏ん切りはつかなかった。花柳界の伝統が残っていた当時、赤坂の夜はきらびやかで、まだ半人前とはいえその包丁と舌の冴えに目をつけた贔屓筋(ひいきすじ)が、元基のことを大層可愛がってくれていたのである。

結局、元基が料理人の道を諦めたのは、二十三歳のときに母の琴美が病に伏したからだった。琴美の病気は転移を伴う乳がんで、その時代の限られた治療手段では延命が精一杯だった。

琴美は二年の療養の後にこの世を去る。

元基は母親にずっと寄り添い、書道塾では母に代わって塾生たちに書を教えた。二度目の入院の前には鈴音と祝言を挙げ、できれば孫も抱かせてやりたいと願ったが、それは叶わず、三度の入院を経た一九七〇年（昭和四十五年）、琴美は天国へと旅立っていった。享年四十九。元基二十五歳、鈴音は二十七歳になっていた。

母の死後、元基の書への情熱は本物になった。

小さな書道塾の実入りだけでは夫婦の口を養っていくのもたいへんだったが、鈴音が実家を手伝い、相応の収入を得てくれていたから暮らしに困ることはなかった。一人娘の鈴音は三鷹界隈では評判の美人で、それもあって「岡山ベーカリー」は繁盛店になりおおせている面もあったのだ。

新聞社が主催する大きな書展で入選を繰り返すなど、元基の書家としての将来も明るかった。

琴美の死から二年、念願の第一子を鈴音が身ごもる。

翌年、一九七三年（昭和四十八年）四月十七日、長女の旭が誕生した。

何もかもが順風満帆のように見えていたが、実は、旭が生まれる半年ほど前から予想もしないような事態が元基の身に起きていたのだった。

筆がまともに握れないのだ。

元基の右手に原因不明の痺れが生じていた。

最初は黙って回復を待っていたのだが、やがて元基の書の出来映えを見た鈴音が異変に気づく。そこからは夫婦二人での名医捜しが始まった。

症状の一番の特徴は、毛筆を使ったときにだけ右手の指先に痺れを覚えるということだった。たとえばボールペンや鉛筆を同じように握ってもなんら問題はない。なのに毛筆を手に画仙紙に向かうとすぐさま痺れが起きる。

幾つも回った整形外科、脳神経科の医師たちは、症状からして原因は機能的、器質的なものではなく精神的なものであろうと口を揃えて言った。当然の判断だったろう。

心療内科や臨床心理士のもとへも通い、さまざまな療法を試したが、元基の症状が消えることはなかった。

祈禱、お祓いのたぐいも何度も受けた。だが霊験は現われない。

症状が発現して二年半が過ぎた一九七五年（昭和五十年）五月、元基は書道塾を閉じ、書家の道を断念した。そしてその年の十月、塾のあった敷地を買い取り、鈴音と二人で定食屋「六三郎」を開店したのだった。
「六三郎」は、鈴音の父親の名前だった。土地を取得して店舗を建てることができたのは、すべて鈴音の実家からの援助のたまものだった。せめてもの感謝のしるしとして夫婦は父の名を店の名前としたのである。

　およそ十年ぶりに握る包丁だったが、持って生まれた舌の能力と板前の技量はまったく錆び付いてはいなかったようだ。看板娘として「岡山ベーカリー」を盛り立てた鈴音の人を寄せる〝気〟の力にも与り、「六三郎」はたちまちのうちに客足が途絶えぬ繁盛店となったのだった。

　筆を捨ててからは元基が書をたしなむことは一度もなかった。

　残っていた膨大な作品群もすべて処分されたので、持明院流の流れを汲むという彼の流麗闊達な筆遣いを娘たちは目にしたことがない。
「六三郎」の品書きでさえ、元基は自分ではなく鈴音に書かせていたのである。

　あれは元基が亡くなる三日前のことだ。

　休みの日で、旭は久しぶりに三鷹の実家マンションに帰って寛いでいた。鈴音は、前の年に生まれたばかりの日向の面倒を見るために麗たちの家に行っていた。当時、麗一家は同じ三鷹市内に住んでいたのだ。

　昼餉も終わり、元基と差し向かいで居間の炬燵に入っていた。三月初旬のまだ寒い日だった。

「初孫ってそんなに可愛い？」

元基も鈴音も日向が生まれてからは四六時中孫の話ばかりしていた。正月に藤光一家も交えて実家に集まった折も「じいじとばあば」そのもので、旭にすればいささか食傷するくらいだったのだ。

「そりゃ、可愛いさ」

元基はそう言って相好を崩す。

「目に入れても痛くないってほんと？」

からかい半分で訊ねると、

「そりゃあそうだよ」

案外真顔で答える。

去年の十一月に還暦を迎えたとはいえまだ充分に若々しい元基が、わずか三日後に脳溢血で急死するなど旭には思いもよらない。

「たしかに目の中に入れても痛くないほど孫は可愛いが……」

旭が黙っていると、元基が不意に言葉を継いだ。

なぜか口調がいつもとは違っていて、旭はやや怪訝な心地でその顔を見る。

「人は大事なものを一つ貰うと、同じくらい大事なものを一つ失ったりする。だからお前は無理に子供なんて産まなくてもいい。孫は日向がいれば、俺もかあさんも充分に満足だから」

いつも寡黙な元基が改まった口調でそんな物言いをするのは珍しかった。

「一つ貰うと一つ失う？　おとうさんにもそういう経験があるの？」

旭が問い返すと、彼は小さく頷いた。

「俺が筆を持てなくなったときがそうだったよ」

無念という感じはさらさらなくて、それは何か遠く懐かしい風景を眺めるような口振りだった。元基が手の痺れで書家の道を諦めたという話は母の鈴音から幾度となく聞かされていた。

「お前がおかあさんのお腹の中にいると知ったその日から、筆を握ることができなくなったんだ」

それは余りにも唐突な告白だった。

むろんそんな話は一度も耳にしたことがなかったし、恐らくは母も知らないだろうと旭は咄嗟に思った。

「どうして？」

「理由は分からない。その日、筆を持ったら手先が痺れてきたんだ。一つ貰えば、一つ失う。お前もよく憶えておくといい」

それまで元基の口から処世訓のたぐいが飛び出したことなど一度もなかった。

——一つ貰えば、一つ失う。

後にも先にもあのときのそれが唯一だろう。

旭が物心ついた頃には元基が何かに怒ったり、何かに憤慨したり、何かに深く悲しんだりする姿を見たことがなかった。

それは一家の大黒柱としての落ち着きや頼り甲斐にも見えたが、長じて旭が感じるようになったのは、自分の父親はどんなことに対しても大きな期待をしていないのではないか、ということだった。

病気で書家としての順風満帆な将来を諦めざるを得なかった——その深い挫折がきっと彼を何事にも動じない、ある意味で無感動な人間に変えてしまったのだろうと旭は考えていた。

だが、その原因を作った張本人が自分だったとは……。

お前を貰った代わりに、俺は未来を失った——あの日、彼が言ったことは要するにそういうことだった。

なぜ死ぬ直前になってあんなことを口走ったのか？

こんなふうにいなくなるのだったら、最後まで黙っていて欲しかった——棺(ひつぎ)に横たわる元基に向かって旭は何度もそう訴えたのを憶えている。

5

「天功」を出たのは、午後八時過ぎだった。

ビール一杯と紹興酒を二人で一本空けただけなので、旭はちょっと飲み足りなかった。ふだん独酌（どくしゃく）のときはその程度で充分なのだが、誰かと一緒だと多めに飲みたくなってしまう。

旭の酒は営業時代に鍛えられたものだった。

「うちだって胃カメラや大腸内視鏡は別格として、他の光学機器や検査機器は他社と大差はない。値引き率も似たり寄ったりだ。客にすればどこのメーカーでも構わない。だとすると、どうやってうちの製品を買って貰う？　とどのつまりは接待しかないってことだ」

これが、長年上司だった比留間貞夫（ひるまさだお）営業部長の口癖だった。

事務要員として配属された短大卒の旭を営業の現場に出してくれたのは、この比留間部長で、

「兵庫は顔と声が営業向きなんだ」

とよく言っていた。

「大した美人じゃないが、話すと魅力が出てくる。一度会ったときより二度目の方が美人

に見える」

そして、「兵庫のような〝喋り美人〟じゃないと、女の営業は危ない」とも彼はしきりに言っていたのだった。

比留間は旭が会社を辞めた年に取締役に昇格し、現在は副社長を務めている。

「モトキ」に寄って赤ワインを一本持って帰ることにする。

「モトキ」は区役所通りを挟んで品川区役所本庁舎のほぼ真向かいにあり、旭の借りている平屋はそのすぐ裏手に建っている。店を出て左脇の路地を入れば家まで徒歩三分もかからない。それこそ急な雨で洗濯物を取り込みに行けるくらいの距離だった。

店が入っているのは「二階堂新光ビル」という古い三階建てのビルで、一階には「モトキ」が、二階と三階には「サイトウ法務、登記総合事務所」という司法書士事務所が入っている。そこの斎藤先生や女性事務員の庄司さん、中村さんたちも「モトキ」の常連だった。

一階の店舗スペースは九坪ほどと狭く、もとはカウンターだけの小料理屋だったが、女将が引退して店を閉じるというので、それならばと大家の二階堂さんが旭に話を持ってきてくれたのだった。

居抜きで借りて、席数も同じ十席のままで七年前に「モトキ」を始めた。

営業時間は午前十一時から午後八時まで。客たちは入口の券売機でチケットを買い、水もセルフサービスだ。アルコールもソフトドリンクも置いていない。

メニューは、「モトキ特製ハンバーグ定食」（八五〇円）と「モトキ特製ナポリタン」（八百円）の二種類のみで、どちらにも味噌汁かたまねぎスープがつく。ハンバーグ定食のご飯の大盛りは無料だった。

要するにランチ営業主体の店だが、区役所前という地の利もあって昼餉時には行列ができることもある。

店舗と自宅あわせての賃料は、二階堂さんから示された交換条件を受け入れたことで破格の安さにして貰えたし、ランチタイムにバイトを一人雇っているだけだから人件費も嵩まない。コロナ以前は、平日営業のみでも一人口を養うくらいの儲けは十分に稼ぐことができたのだった。

藤光と一緒に店に寄って、ワインを調達してから家に帰った。

ワインは新潟の岩の原葡萄園が作っている国産ぶどう百パーセントの赤ワインだが、これが手頃な値段ながら非常に美味で、ここ数年、店を閉めたあとの一杯はもっぱらこのワインと決めていた。二日に一本は消費するので店の冷蔵庫にいつも何本かストックしてある。

たまに閉店直前を見計らって訪ねて来る常連さんもいて、そういうときは一緒に飲むこともあった。そんな常連さんの筆頭はやはり上の階にいる斎藤先生や庄司さん、中村さんたちである。そもそも岩の原のワインを教えてくれたのは斎藤先生なのだ。

ダイニングキッチンのテーブルに差し向かいで座って、藤光とワイングラスを傾ける。つまみはレーズンバターとクラッカー、それにこれも店に常備してあるローソンの「チェダーチーズとドライハムのオイル漬け」。

思えば、こうして家で二人で晩酌するのは初めてだった。

藤光は童顔でかわいい顔をしている。

眉が濃く、目も大きいのでどちらかと言えば南方系の顔立ちだった。自殺した母親が九州の出だと聞いたことがあるから、きっとその血を引いているのだろう。旭より二歳年下なので今年で四十七歳。年齢よりずっと若く見える。

鈴音の〝商売っ気〟も元基の〝神の舌〟も旭の方に流れたが、一方で母の美貌と父親のすらりとした体型をまるごと受け継いだのは妹の麗の方だった。

目の大きさなど旭の倍はありそうな麗はいつも人気者で、思春期を過ぎてからは数々の男たちに言い寄られていた。

そういうわけで、麗と藤光は美男美女のカップルだ。親がそうなので姪の日向も甥っ子の陽介も整った容姿をしている。

旭の方は顔立ちも地味だし、身長も麗ほど高くはない。生まれついての体型はぽってりとしていて、現在のような痩身を維持するためにえんえん食事制限を続けている。五十歳間近のいまでさえ週の半分は炭水化物を控えるようにしているし、お菓子のたぐいも滅多に口にしなかった。

高校二年生のときに受験予備校で知り合った氷室恵那（ひむろえな）という子がいて、彼女は都内有数の名門女子校に通い、顔もきれいで成績も抜群だった。案の定、東大に進んで弁護士となり、ときどきテレビにも出たりしている。

旭の場合は、成績もそこそこで、それでも何とか四大に入りたくて予備校通いをしていたのだが、ひょんなことから恵那と言葉を交わすようになり、高二、高三の二年間、彼女とは友だち同士だった。

その頃、恵那に言われたのは、

「あんたは、顔は十人並みなんだから、そこはもう諦めるしかないよ。それよりとにかくスタイルを磨きな。先ずは十キロ減量。そしたら今度はトレーニング。身体にメリハリをつけないと。あんたの取り柄は大きなバストだから、そのバストを最大限武器にして男を釣るのが一番のタクティクスだよ」

この恵那のアドバイスは一理あると旭は感じた。

麗は顔も身体もモデル並みだったが、胸は旭より貧弱で、「おねえちゃんのバスト、ちょっと分けて貰いたい」とよく言っていたからだ。

受験した四大すべてに落ちた時点で恵那とは自然に連絡が途絶えたが、しかし、短大に進んだあとも旭はダイエットに励み、十キロの減量を果たした。短大ではダンスサークルで二年間みっちりとボディトレーニングを行なって、現在の体型を作り上げたのだ。

一時間ほど飲んだところで藤光がトイレに立った。

なかなか出てこないので心配していると浮かない顔で戻ってくる。

「ねえさん」

向かいの席に座り直した途端に真剣な顔で旭を呼んだ。

「今日は、ねえさんに折り入って頼みたいことがあったんだ」

「頼み？」

そんなことなら酒を飲む前に言えばいいのに、と心の内で思う。

「飲んだり食べたりしているときにこういう話をするのも申し訳ないんだけど……」

藤光はそう言うと、自分のグラスに残っていたワインを一息で飲み干す。

「ねえさんのツテで大腸がんのいいお医者さんを紹介してくれないかな？」

予想もしない言葉がその口から飛び出してきた。

「大腸がんのお医者さん？」

一体誰が大腸がんだというのか――そう思いながら、旭は昨夜の二階堂さんの顔を脳裏によみがえらせていた。

「実は、ここ半月ばかりずっと下血が続いているんだ」

藤光が意を決して、という面持ちで言う。

「下血？　誰が？」

さきほど彼がずいぶんトイレに時間がかかっていたのを思い出す。

藤光が黙って自分の方を指さしてみせた。

昔の仕事柄、旭が医療の世界に精通しているのは藤光もよく知っている。父親が脳梗塞で倒れたときも相談を受けたし、陽介が軽い斜視だと分かった折も優秀な眼科医を紹介して欲しいと頼まれた。

「麗は知っているの？」

最初にそこを確認した。

「いや」

藤光が首を横に振る。

「どうして？」

「話したって、『さっさと病院に行きなよ』って言われるだけだから」

そりゃそうだろう、と思いながら目線で先を促す。

「その上、また昔のことを蒸し返されるのがうんざりなんだ」

「昔のこと？」

藤光が溜め息をついて頷く。

「札幌に転勤になった直後、麗の胸に小さなしこりが見つかったことがあったんだ。そのとき俺がちゃんと話を聞いてやらなくて、結局、自分一人で大学病院に行ったのを、あいつは凄く根に持ってるんだよね」

「へぇー」

その話は初耳だった。麗からも聞いた憶えはない。

「俺も、あのときは申し訳なかったと思っている。札幌支社に移ったばかりで引き継ぎだとか得意先への新任の挨拶だとかでてんてこ舞いで、ろくに相談に乗ってやれなかったのは事実だし。でも、まだあいつも若かったし、ネットで調べたら乳腺炎か何かに違いないと思ったから、逆に俺まで深刻ぶらない方がいいと考えた側面もあったんだ。だから病院にも付き添わなかった。結果はすぐに出て、ただの脂肪腫だって分かったしね。なのにあいつはそれ以来、事あるごとにそのことで俺を責めるし、俺が何か身体の不調を訴えてもちっとも取り合ってくれないんだ。まさしく目には目を歯には歯をって感じで、執念深いったらないいんだ」

札幌時代ということはもう十年以上前だった。麗は三十代前半。乳がんを疑うにはまだ若過ぎる年回りではある。

「じゃあ、この十年のあいだ、自分の病気のことは麗には相談してないの？」

「まあね。熱が出ても、どっか痛くても勝手に病院に行って治してるよ。きっと麗の方も同じだと思う」

「何、それ」

旭は呆れた声を出す。

「夫婦がお互いの病気のことを打ち明けなくなったら、もう夫婦でいる意味はないんじゃないの」

そう言うと、藤光は困ったような顔になって、

「まあね。でも会社の連中に聞いたらどこも似たり寄ったりだしね。夫婦も二十年近くやっていると案外そんなものなんだと思うよ」

と返してきたのである。

6

九月十日土曜日。

陶子さんは午後一時過ぎにやって来た。

昨夜LINEで、明日か明後日のどちらかで行きたいと伝えてきたので、この週末はどっちでもいいと返事をしておいたのだ。

家に来ると言っても彼女は部屋に上がり込むわけではない。気を遣うとしたらせいぜい

洗濯物のことくらいだった。

さすがにバーベキューをやっているあいだは庭先に干すわけにいかない。が、シーツや布団カバーといった大物以外は部屋干しが習慣なので不便はなかった。

陶子さんが男の人を連れて庭の芝生でバーベキューをするようになってもう二年以上が経った。

一度目の緊急事態宣言が発出されて間がない時期に二階堂さんから連絡が入って、

「うちの長女がそこの庭でバーベキューをしたいと言ってるんだけど、使わせて貰ってもいいかな?」

と問い合わせてきたのだった。

藪から棒の話ではあったが、庭を借りるだけで迷惑はかけないし、騒いだりもしない。感染のリスクもあるからお互い挨拶をする必要もない——と言われて断れなかった。

当時は欧米でウイルスが猛威をふるい大勢の死者が出ていた。日本でもいずれそうなると誰もが恐れていたが、一人暮らしの旭はそれほど危機感を持たなかった。

それよりコロナの蔓延によって店が立ち行かなくなるという不安の方がずっと大きかったし、実際、営業休止に追い込まれ、日々を自宅で無為に過ごしているのが過大なストレスだった。

そういう事情もあって、緊急事態宣言の真っ最中に庭の芝生でバーベキューをやりたいと言っている二階堂さんの長女に会ってみたい、と彼女は思ったのである。

車の音がしたので、旭は庭に出た。

ワンボックスカーのトランクからバーベキュー道具一式を取り出し、陶子さんとひー君がアウトドアワゴンに積んでいる。いつもの光景だった。

こうして陶子さんは月に二、三回、芝生の片隅でバーベキューをやる。雨の日や夏の盛り、真冬はさすがに足が遠のくが、それ以外のたいがいの週末は男連れでやって来て、二、三時間二人で楽しんで引き揚げていくのだった。

たまに旭も飛び入りで参加し、そんなときはワインやビールを提供する。

とは言っても、酒を飲むのは旭と男だけで、陶子さんは一切口にしない。車だから当り前ではあるが、もとから酒はそれほど好きではないらしい。

この二年数ヵ月のあいだに陶子さんが連れてきた男は全部で四人。

最初の三人はみんな二十代で、それぞれ四、五ヵ月でチェンジしてしまった。一年が過ぎた頃に連れてきたのが四人目の「ひー君」で、彼とはもう一年以上続いている。

ひー君は三十半ばの物静かな男性で、それまでの三人とは年齢だけでなく見た目も雰囲気もまるで違った。

陶子さんによれば、最初の三人はいずれも「若手ホストのバイト」だったらしい。

「コロナで収入が激減した新米のホストたちが、私のようなおばさんの相手をしてお小遣い稼ぎをしてるってわけよ」

と彼女は言っていた。

陶子さんは旭より六つ下だから今年で四十三歳になる。

「三人とも新宿のホストだったけど、やっぱり若い子過ぎると駄目だよね。お金ばっかり使って、話はつまんないし、頭が悪いから。あっちの方も三人ともまあまあって感じで、期待したほどじゃなかったし。それに比べるとひー君は年齢もそこそこ行ってて落ち着いているし、聞いたらちゃんとした大学を出てるんだよね。下のお子さんにちょっと問題があって、会社を辞めて、いまはタクシーをやりながら奥さんと二人で交代でかかりきりになっているんだって。でも、コロナでタクシーもメタメタで、それでこのバイトを見つけたらしいの。奥さんにはもちろん内緒だって言ってるけど、それはそうだよね」

ひー君を連れて来るようになって二ヵ月ほど過ぎた頃に陶子さんはそんなふうに話してくれた。もちろん、旭の方から何か穿鑿(せんさく)するようなことは一切していない。

三人で丸いバーベキューコンロを囲むときも当たり障りのない話題しか持ち出さないよう気をつけている。

ただ、一度だけ酔った勢いで、

「でも、どうしてひー君はひー君っていうの?」

と訊ねたことがあった。すると陶子さんがひー君の方へ面白そうな視線を向けたあと、

「この人、アレのときに女みたいにヒーヒー言うんだよ。それでひー君って呼んでるわけ」

と言ったのだった。

陶子さんの一言にも、ひー君はちょっと照れたような笑みを浮かべただけだった。その反応からして「ヒーヒー」は事実なのだと思った。目の前のがたいのいい実直そうな男がベッドの上で陶子さんに馬乗りになられてよがり声を上げている姿を想像して、旭はちょっとだけ股間のあたりが熱くなったのを憶えている。

区役所の収入役の内山田さんや司法書士の斎藤先生から仕入れた情報によれば、陶子さんが嫁いだ漆原(うるしばら)家は侯爵だか伯爵だかの家柄で、かつては三田、高輪界隈の大地主だったそうだ。バブル期に没落して資産の多くを失ったようだが、それでも相当な財産家に変わりはない。彼女は、旧岩崎別邸「開東閣」の近くに建つ大きなお屋敷に旦那さんと旦那さんの母親と一緒に暮らしている。旦那さんは機械製品の貿易会社を経営していて、陶子さんとは見合い結婚だった。

斎藤先生の話では、漆原家の資産防衛に二階堂さんが辣腕をふるって、その見返りとして婚期を逃した長女を漆原家の長男に嫁がせることができたらしい。二人が結婚したのは十年近く前で、歳の離れた旦那さんはなかなかの好男子だそうだ。

芝の隅のいつもの場所にウェーバーのグリルを据えて、ひー君がさっそく火起こしにかかる。この一年ほどで手際は格段に良くなった。隣のピクニックテーブルで食材の切り分けや野菜サラダなどをこしらえているあいだにスターターの中のチャコールブリケットに火が入った。ひー君がスターターを両手で持ち上げて、炭網の上に赤くなったブリケットを半円状にばらまく。その上に焼き網を置いて、陶子さんと旭が肉やソーセージをのせ、ひー君がグリルの蓋を閉じた。

これで、しばらく待てば美味しい肉にありつくことができる。

旭が久々に二人のバーベキューに参加したのは、今日がひー君の送別会だと知っていたからだった。前回、八月の末にやって来たとき、帰り際に陶子さんが誘ってきたのだ。

発達に問題を抱えていた下の子供もだいぶ落ち着き、ひー君一家は今秋、奥さんの実家がある松本市に転居することを決めたのだという。

「仕事は？」

そのとき旭が訊ねると、

「とりあえず松本市役所の臨時職員の口が見つかって」

ひー君が答え、

「ひー君もこれからはフルタイムで働けるんだって」

本人以上に嬉しそうな声で陶子さんが付け加えたのである。

肉やソーセージをそれぞれの紙皿に取り分け、紙コップに注いだワインで乾杯する。今日は陶子さんも乾杯に加わった。

車はガレージに残し、明日、取りに来るという約束になっている。二人はバーベキューが終わったらタクシーで日比谷のホテルに向かうのだそうだ。

「せっかく最後の日なんだから、渋谷のラブホじゃかっこつかないでしょ」

食材の準備をしながら陶子さんが言っていた。

ワインは旭がいつも飲んでいる岩の原葡萄園の赤ワインだ。

「あ、これ美味しいね」

陶子さんが一口飲んで言う。

「でしょ」

ひー君がすぐ反応した。彼もこのワインがお気に入りだった。

日射しはまだまだ夏のそれだったが、ヘキサタープを張っているので日除けは万全だ。微かに吹いている風には涼味がある。

ピクニックテーブルの長椅子に陶子さんとひー君が並んで腰掛け、旭はグリーンのキャプテンチェアを使っていた。このコールマンのチェアは旭の自前だ。ときどき庭に持ち出して日光浴をしながらビールを飲んでいる。そんなことを始めたのも、陶子さんのバーベキューに触発されたからだった。

「私がどうしてこの庭でバーベキューをしようと思ったか教えるね」

旭が、二杯目をコップに注いであげたところで陶子さんが言った。

「コロナでどこにも行けないからじゃないんですか？」

先を促す意味も込めて旭が言う。こういう話の進め方は営業時代に学んだ。

「もちろんそれもあるけどね」

陶子さんが二杯目をぐいっと飲む。

「この家、初恋の人が住んでたんだよね」

意外なセリフが彼女の口から飛び出した。

「その人が三田の大学に通うために、うちのおじいちゃんが土地を買ってこの家を建ててあげたんだよ」

「そうなんだ」

ひー君が陶子さんの方を見る。今日の彼は普段よりずっとリラックスした感じがする。今回で最後という安堵ゆえか、それとも陶子さんとの別れに一抹のさみしさを覚えているのか、そこは分からない。

ただ、これまでも何度か感じたことだったが、こうして二人並んでいる姿を目にすると、陶子さんとひー君は実にお似合いのカップルなのだった。

「むかし親戚の人が住んでいたって二階堂さんに聞いたけど」

「そう。うちの父の従兄弟（いとこ）の子供が大学に通うために徳島から上京してきてたの」

「ということは、陶子さんにとってははとこってことだね」

ひー君が言う。

「たぶんね。はとこってよく分かんないんだけど」

「じゃあ、そのはとこの学生さんが初恋の人なんだ」

旭が言う。

「そういうこと。中学生の頃からずっと好きで、ときどきここにも遊びに来てたの」

「へぇー」

旭とひー君が声を揃える。

「それでね、一度だけその人と二人でこうしてバーベキューをやったことがあったの。場所もちょうどこのあたり。彼はもうすぐ卒業で、私は高一だった。そのとき初めてビールを飲ませて貰ったの」

「そうなんだ」

「で、その人はいまは？」

質問したのは旭だった。

「いまドバイで設計の仕事をしてる。別のはとこと結婚して子供もいるよ」

「別のはとこ？」

ひー君が問い返した。

「そう。そっちのはとこは凄い美人なわけよ」

ワインを飲み干して、催促するように陶子さんは旭に空のカップを突き出す。急いでボトルを取ってたっぷりと注いだ。

「結局さ、男はみんな顔で女を選ぶからね」

そう言って陶子さんが旭に相槌を求める。

「本当にその通り」

当然、旭は深く頷いてみせた。

7

陶子さんが漆原家に嫁いで三年もしないうちに姑の認知症が分かったという。まだ姑は還暦を少し過ぎたくらいの若さだった。

以来、陶子さんは夫と二人でその姑の介護に忙殺されてきた。もちろん財力のある家だから何人もヘルパーを雇って、他人の手に彼女を委ねようとしたようだ。しかし、次第にそれは難しくなっていった。

症状が進んだ姑がヘルパーたちに暴力を振るうようになったのだ。

何人目かのヘルパーのとき、彼女は裁ちばさみで女性ヘルパーの腹部を刺すという大事件を引き起こす。当然警察沙汰となって漆原家は一族をも巻き込んでのてんやわんやの大騒ぎとなった。

さいわい警察に顔の利く要路の親戚がいて、すべては表沙汰にならず、被害者とも大金を積んでの示談が成立したが、それ以来、同居する陶子さんと旦那さんが母親の面倒を見るしかなくなってしまったのだった。

不思議なことに姑は嫁の陶子さんや実の長男が世話を焼いている限りは暴力性を顕わにすることは一切なかったのである。

平日は陶子さんと長年漆原家で働いているお手伝いさんの二人で姑の面倒を見つつ家事をこなし、土日は旦那さんとお手伝いさんが一切を引き受けて陶子さんは自由の身になるというルーティンがやがて確立した。

夫婦には子供が出来ず、産婦人科で調べたところ陶子さんには子宮奇形が、そして旦那さんには造精機能障害が見つかり、母親の認知症の件もあって二人とも子供を作ることは諦めざるを得なかったという。

コロナ前の陶子さんは知人との会食やスポーツジム通い、一泊旅行などで姑奉公の憂さを晴らしていたようだ。だが、コロナの流行でそれらを封じられた彼女は週末の羽伸ばしの方法を完全に失ってしまう。

そんなとき学生時代の親友に紹介されたのが、若い男のデリバリーサービスだった。

親友は離婚して子育てに追われる毎日だったが、実家に身を寄せているので週に一日は子供たちを親に預けて自由に過ごすことができるらしく、その彼女が利用しているのがこのサービスだった。親や子供たちには同時通訳のアルバイトをしていると偽って、彼女は週一で若い男と遊び、大いに英気を養っていたのである。

「ホストクラブで遊ぶよりはるかに割安だし、安心だよ」

強く勧められて、陶子さんも利用する気になったらしい。

件の親友の相手は黒人がもっぱらだったようだが、

「私は、どうしてもあの人たちの匂いに馴染めなくって」

と陶子さんは日本人オンリーになった。

一方、ひー君の場合は同じタクシー営業所のドライバー仲間から「金になる闇サイトがあるから一緒に入らないか」と誘われて会員登録したという。むろん男の方は登録料は無料だが、面接があった。面接官は、「どうみても堅気には見えなかった」そうだが、「対応はとても紳士的で、信用できた」とのこと。陶子さんたち女性の側は登録料として五十万円支払わなくてはならなかったが、それ以上の課金は一切なかった。面接もなし。

何らかの法規に抵触しないために「あとは自由恋愛」というわけだろうが、男性の日当は「最低五万円」と決められていて、日払いで支払わないと会員免許を取り消されるシステムだった。交際中のアゴアシは当然ながら女性側が負担する。

「兵庫さんも興味があるなら会員に推薦するよ」

一度誘われたが、「そういうのいまのところ興味がないんで」と旭ははっきりと断った。

「そうなんだ。でもやりたくなったらいつでも言ってね」

陶子さんはあっさりと引き下がった。

二階堂さんは、娘のそういう男遊びには薄々勘づいているようだ。一度「輪」で飲んでいるとき、

「陶子がしょっちゅうお邪魔してるみたいで申し訳ないね」

と頭を下げてきて、

「あいつも妙な遊びを覚えたみたいで、実に困ったものだ」

ぼそっとこぼしてみせたことがある。

送別会の時間は今日の陽気のようにほんわかと過ぎていく。ワインが二本目に入ったところで、頬を赤く染めた陶子さんが、

「ところでひー君って何て名前なの。下の名前だけでも教えてよ」

と言った。声にも少し酔いが混ざっている。

「ヒライシンジっていうんだ」

ひー君が言う。

「ヒライシンジ」

陶子さんが目を見開くようにして復唱する。

「じゃあ、ひー君でよかったんじゃん」

旭も咄嗟にそう思っていた。

ひー君がちょっと照れくさそうに頷く。

「陶子さんは、陶子さんなの？」

と訊き返してきた。

「そう。私は二階堂陶子。立派な名前でしょう」

さすがに現在の名字は口にしない。

「たしかに」

「だけどさあ」

陶子さんがワインの入った紙コップを両手で大事そうに持ったまま言う。

「今の世界って、不自由と自由がこんなふうに同居してるんだねー。すごいヘンな世界だといつも思うよ」

「不自由と自由？」

ひー君が不思議そうな顔になる。

「だってそうじゃん。ひー君だって下のお子さんのことで人生がすっごく不自由になって、でもそういう不自由があるからこそ、私みたいな女と、こんなあり得ないような関係を持って、いまこうして縁もゆかりもない三人で美味しいお酒を飲んで、美味しいものを食べて、これからホテルに行って思う存分、後腐れのないセックスをするわけでしょう。それって、とんでもないほど自由な世界じゃない？」

ひー君は何も言わず、いま聞いた言葉を深く吟味するような表情になった。

その様子を見て、陶子さんがこの男にずっと惹かれてきた理由が旭にも分かるような気がする。

「そういう考え方はしたことなかったな」

ぽつりと、という感じでひー君は言った。

「こんなことができるんだもん。きっと面白い世界なんだよ。いい世界か悪い世界かは分かんないけどね」

陶子さんも呟くように言う。

彼女が、ひー君だけでなく自分のことを語っているのが旭にはよく分かる。

陶子さんだって平日は認知症の姑の世話で不自由を絵に描いたような生活を送り、旦那さんと交代できる週末の二日間だけ、こうした常識では考えられないような羽の伸ばし方をしているのだ。

彼女もまた極端な不自由と極端な自由を行ったり来たりすることで、必死にこころと身体のバランスを保っている。

「私なんてさ……」

陶子さんが手の中の紙コップを握りつぶす。いつの間にか飲み干してしまっていたようだ。

「顔もきれいじゃないし、子供も産めない女だよ。好きに生きるしかないじゃん。ほんと、人生どうだっていいよ」

と言う。

そこでひー君が小さく笑った。

――きみにはこうやって好きに生きられるだけのカネがあるじゃないか。

という一言は口に出さない。

彼は、ただ小さく笑っただけだった。

8

陶子さんは、二階堂さんのことは何も知らないようだった。

ひー君の送別会の翌日、車を取りにきた彼女に、

「最近、二階堂さんとは会っていますか？」

水を向けると、

「全然。兵庫さんは？」

逆に訊かれて、

「先週、会いましたよ」

と答えた。陶子さんは、

「どうせまた、例の順子ママの店に入り浸っているんでしょう。なんだかいっつも誘っているみたいで、ごめんね、迷惑かけちゃって」

と顔をしかめていたのだ。

彼女が何かを隠している気配はなかったし、実際、陶子さんや磁一さんに二階堂さんが何も話していないのは分かるような気もする。

あの交換条件が存在する以上、条件を飲んだ旭とあとの二人に先ずは状況を伝え、無事に三人に約束を履行させたうえで陶子さんたちに事実を告げるのが順当な流れのように思われるのだ。

藤光の大腸内視鏡検査は、陶子さんたちがやって来た土曜日に無事に終わった。

当日の夜、さっそくＬＩＮＥが来て、怪しいポリープを幾つか検査中に切除したものの大きな病変は見つからなかったと記されていた。

日曜日には本人から電話があった。

「毎年こうやって検査に来れば大腸がんで死ぬことは百パーセントないから、と先生に言われたよ」

非常に明るい声で、藤光にしてはめずらしいくらいだった。

検査翌日の激しい運動は不可なので、その日、彼が洗車のために訪ねてくることはなかったのだ。

九月四日の晩に藤光から相談を受け、翌朝、旭はリッチにメールで大腸がんの専門家を紹介してくれるよう依頼したのだった。

リッチからは午後、さっそく電話が掛かってきた。

「義理の弟さんの年齢からしてがんはまだ早いと思うけど、それだったら池袋に最高のクリニックがあるから予約を入れてあげるよ」

そこは大腸内視鏡手術の世界的権威が最近、開業したクリニックで、ふだんは大学病院で治療している彼が土日に限っては直々に検査、治療をやってくれるらしかった。それ以外の日は一番弟子が院長として診療を行ない、そのドクターの腕も超一流だという。

「どっちの先生でもいいんだけど、まあ、土日が使えるなら大先生に検査して貰った方がいいとは思うよ。小さながんだったら検査中に内視鏡で全部きれいに取り切ってしまって、その場で根治だからね。どうする？」

リッチに問われ、

「今度の土曜日で予約を入れてちょうだい。何時でもいい。彼には絶対その日に行くように言っておくから」

旭は即答したのだった。

リッチはかつての会社の同僚で、年齢は五つ上。社歴では三年先輩だった。比留間副社長の側近の一人で、今年、比留間の引き立てで執行役員営業本部長に就任したばかりだ。

このリッチならば、たいがいのスーパードクターには繋いで貰うことができる。

彼は旭にとって最初の男だった。

二年間営業事務の仕事をやったあと、旭は志願して現場に出た。二十三歳のときだ。その際に指導社員のような形で組んでくれたのが入社五年目のリッチだった。

名前は利根川律智。これで「のりさと」と読むのだが、社内の上司や同僚たちも取引先の人たちもみんな「リッチ」と呼んでいた。

リッチは若手ながら非常に優秀な営業マンで、大勢のセールスを抱える営業本部でも常に年間売上げで上位に名を連ねる比留間部長の秘蔵っ子でもあった。

二十三歳と二十八歳の独身の女と男が仕事とはいえずっと一緒に現場を回っているのだ。なるようになるのは当然の成り行きだろう。

半年ほど経ったところで大きな契約が取れ、打ち上げの三次会を二人きりでやった帰りにホテルに誘われた。

そうなるだろうとの予感はあったので心の準備はできていた。

来年には二十四歳になってしまう。その前に初体験を済ませたい――と切望していた旭は、ターゲットをリッチ一人に絞っていたのだ。

正直なところリッチがそれほど好きだったわけではない。ただ、生理的に受け付けないという感じは皆無だった。

初めて抱かれたとき、

「やっぱり、いい身体してるね」

と言われて、いままでの厳格なダイエットやボディトレーニングがすべて報われたような気がした。

その一言は、初めて男に裸を見せる羞恥や恐怖を一瞬で吹き飛ばす魔法の一言であり、深い自己満足を与えてくれる至福の一言でもあった。

リッチと付き合っているあいだ、旭はその一言を決して忘れることはなかった。

リッチの家は早くに両親が離婚し、彼は小学生のときから母子家庭で育った。薬剤師だった母親は離婚と同時に埼玉県の春日部（かすかべ）市に小さな薬局を開き、その収入で一家を養った。父親は製薬会社のヤリ手の営業マンだったらしいが、浮気を繰り返して妻に愛想を尽かされたのである。

店と家が別々だったためリッチは子供のときからいつも一人ぼっちだった。

「おまけに母親はクソのつく真面目な性格で、家にいないくせに何から何まで指図して、あれも駄目これも駄目のダメダメ女だったんだ。あれじゃあ、父親が嫌気がさしたのも分かるような気がするよ」

男女の仲になって、何となく結婚の二文字が二人のあいだにちらつくようになると、リッチは春日部の実家に旭を連れて行き、母親にも紹介した。

母親と対面してみて、確かにリッチの言うことにも一理あるな、と感じた。

リッチは身体は細かったが性欲旺盛な男だった。

何回か寝た後、最初に求められたのは下の毛を剃り上げて欲しいということだった。

「俺、根っからのパイパン好きなんだ」

と言われて、「パイパン」という言葉を初めて知った。それからはしょっちゅうリッチの手で剃毛された。もとから細かい性格で、それが徹底した資料作りや休み返上の接待、痒(かゆ)いところに手が届くアフターサービスに結びついて、輝かしい営業成績に繋がっていただけに、剃毛のやり方も驚くほど丁寧で、股間にカミソリを当てながら真剣な表情をしている様が薄気味悪いくらいだった。

生理中を除けば、ほとんど毎日、ラブホテルかどちらかの部屋でセックスをしていた。二人とも中野の独身寮住まいで、男子寮と女子寮は少し離れていたが、それでも歩いて往来できるほどの距離だった。

一年も過ぎると当然、二人の仲は多くの人に知られるようになった。

いよいよ結婚か、と頭では思ったが、気持ちはうまくついてこられない感じだった。

すでに世間に晩婚化の傾向は現われていて、当時でも二十五歳で結婚するというのは短大の同級生の中でも早い方だったのだ。しかも社内結婚となれば女性の方が退職するのが不文律となっていた。

せっかく面白くなってきた仕事を手放し、リッチの子供を産んで家族向けの社宅で子育てをして、いずれはあの〝クソ真面目〟な義母と同居する――そんな未来に旭はさほど魅力を感じられなかった。

剃毛の次に求められたのはアナルセックスだった。

さすがに拒絶すると、

「今までの人は、みんなやらせてくれたよ。最初は痛いけどそのうち気持ちよくなるから」

リッチは例によって執拗で、旭が感じている真っ最中に無理矢理、そっちに挿入しようとしてきて排除するのに手を焼く回数がどんどん増えていった。

「どうしてもイヤなの」

ある日、行為を中断して真剣に訴えた。

「またこんなことをしようとしたら別れる」

最後通告すると、

「分かったよ」

ようやくリッチは引き下がってくれたのだ。

それから数ヵ月後、リッチの誕生日に出かけた渋谷のラブホテルで忘れられない出来事が起きた。

一度目が終わって旭がトイレに入って用を足していると、そこへいきなりトイレのドアを開けてリッチが押し入ってきたのである。

どうすることもできず、旭はリッチの前で排尿を終わらせた。

「へんなことしないで」

と言うと、

「いいじゃないか」

ニヤニヤしている。

素っ裸の股間がふたたび勢いを取り戻しているのが不気味だった。

そのうち頻繁にトイレを覗かれるようになり、いつの間にか排尿直後にそのままトイレで交わるのが常態化した。拭いてもいない股間に顔を突っ込んでくるリッチの姿にますます不気味さを募らせたが、さすがに拒む勇気はなかった。

なんだかんだ言ってもセックスは気持ちよかったし、二人の関係も二年目に入り、美人ではない自分のような二十代後半の女が、リッチ以上の男を手に入れられるとも思えなかったからだ。

交際も二年目が終わろうとする頃、リッチの要求がさらにエスカレートする。

「おしっこを飲ませて欲しい」

とせがまれるようになったのだ。

二度、三度と拒絶していると、ある日、「直接じゃなくてもいいから」とカバンから取り出したワイングラスを手渡してきた。目の前でそれに排尿し、自分が飲み干すのを見て欲しいというのだ。

呆れてものが言えなかった。

「ヘンタイ」という言葉を飲み込むのに必死だった。

はっきり断ると、リッチは「じゃあ、今日はもう出よう」と吐き捨てるように言い、ホテルの部屋に旭を置いて一人で帰ってしまったのだ。

いつもだったら彼の方から謝ってくるはずだったが、その晩は一切の連絡がなかった。

そして、次の日の朝、短いメールが届いた。

「もうきみとのことは終わりにしたい」

と冒頭に記され、

「まるで変態を見るような目でいつも僕のことを見ていた」

言いがかりのような文句も書かれていた。
ショックは大きかったが、それと同じくらいの大きさで諦めの気持ちがすでに育ってい
た。
——あんなエリート社員が自分のような平凡な女に目をつけたのは、彼がヘンタイだっ
たからだ……。
ずいぶん前からそんなふうに思い始めていたのだ。
リッチは学歴も高く、仕事もできて、ルックスも悪くなかった。女子社員の間では人気
の的で、そんな彼が旭と付き合っていることを社内の誰もが不思議がっていたのだ。
「いままでありがとう」という一文だけを返した。今後の仕事上の付き合いもあるので、
ここでこじれるわけにもいかなかった。
さらなる返信はなく、それで二年間にわたった恋人関係は消滅した。あっけないほどの
幕切れだった。
この話を何年かして親友の真由里に打ち明けたことがある。
真由里とはリッチと別れてから通い始めた裁縫教室で知り合い、同い年ということもあ
ってすぐに親しくなった。彼女は短大を出るとJRAに就職し、給料も高かったから優雅
なOL生活を満喫していた。
リッチの話はそれまで何度かしていたが、別れた本当の理由を言うのはそのときが初め

てだった。

二人とも二十代の終わりに近づき、真由里は同じ職場で出会った旦那さんと一緒になり、すでに娘の杏奈(あんな)ちゃんも生まれていた。

恥を忍んで、という雰囲気で真相を告白すると、真由里は意外な反応を見せた。

「おしっこくらい飲ませてあげればよかったのに」

開口一番、そう言ったのだ。

「私の元彼のなかにもそういう人はいたよ」

彼女はさらに言い、

「別に『俺のおしっこを飲め』って言われたわけじゃないんでしょう?」

そんなことで別れたのか、と不思議そうにしている。

旭が唖然として何も言えないでいると、

「男ってそういうヘンタイ行為が好きなんだよ。うちの旦那だって知り合ってすぐは私を縛るのが大好きで、ずいぶん痛い目にもあったもん。まあ、杏奈が生まれてからはさすがにやらなくなって、私の方がどうしちゃったのって訊いたら、さんざんやったからもういいよだって。だけど、本音を言うと私としてはちょっとさみしい感じもあるんだよね。やっぱり、ああいうことをされると女は感じちゃうからさ」

と付け加えてきたのだった。

あの日、旭は真由里と別れて帰宅した後、自分の部屋の風呂に浸かってつくづく考えた。

――だとすると、あのときリッチにおしっこを飲ませてあげていたら、私たちは結婚できたのだろうか？

そうかもしれない、と真面目に突き詰めると、突然のように腹の底から可笑しさの渦が巻き起こってきた。

そして、一度声に出して笑ってみると、どうにも笑いが止まらなくなってしまったのである。

9

三十歳の誕生日を越えた途端、気持ちが吹っ切れた。

リッチと破局してからの五年、旭は一度も恋をしなかった。年に一度か二度、取引先の男性や社内の男から誘われることもあったが、大半が既婚者だったし、そうでなければ見るからに風采の上がらない相手ばかりだった。

別れて三年目、リッチは社内結婚した。お相手は秘書課の美人で年齢は二十四歳。誰もがお似合いのカップルだと言っていたが、旭は彼女の顔を見るたびに、

――この子、一体どこまでやらせてるんだろう？

と思っていた。

そういうイヤらしい視線を捨てることができたのは、やはり真由里のあの一言のおかげだった。

誕生日の次の日、谷中(やなか)でとある医療法人の理事と五人で鳥鍋をつついている最中、話のついでで、

「私、昨日三十歳になりました」

と言うと、彼が破顔一笑、

「それは奇遇だね。僕は昨日、ついに五十歳になったんだ」

と返してきた。

こちらは比留間部長以下、四人。むろん旭は末席だったが、このやりとりをきっかけに各人の三十路、四十路エピソードでしばし会話は盛り上がった。

その医療法人は同族経営で、埼玉県内に脳神経内科・外科の病院を五つ運営していた。理事長は理事の父親で、大宮にある本院の病院長を兼ね、次男は与野にある最大規模の病院の院長を兼務する理事だった。

長男のその人だけが医師になりそこねて法人業務に専念していたのだが、むろん五つの病院の事務方に睨みをきかせているのは専任の彼で、各病院の医療機器導入に関しては、すべて取り仕切っていると言っても過言ではなかった。

要するにその彼のご機嫌さえうまく取っていれば、旭の会社は毎年多額の売上げを計上することができたのである。

鳥鍋屋から上野のバーへと繰り出した。そのあとカラオケ屋を回り、三次会がお開きになったのが午前二時過ぎ。理事をハイヤーに乗せて見送ると、比留間部長がしたたかに酔っていたこともあって、その場でタクシーを呼んで解散という成り行きになった。

女性の旭が最初に来たタクシーに乗り込む。

後部座席の窓を開けて、部長や先輩たちにぺこぺこ頭を下げながら家路につくと、五分ほど走ったところで携帯が鳴った。

別れたばかりの理事からだった。

「兵庫さん、よかったら二人で誕生祝いでもやらない？」

明るい声で彼が言う。

「誕生祝いですか？」

「そう。きみ、いまどこなの？」

「これからってことですか？」

「もちろん。いまだってもう二日遅れなんだよ」

当たり前の口調だった。

旭はゴルフ焼けした彼の顔や頑丈そうな体軀を思い浮かべる。その医療法人の営業を先輩の一人と組んで担当しだして二年が過ぎていた。理事とはこれまで何度も酒席を共にしてきたが、こんなふうに親密な誘いを受けたことは一度もない。

ただ、彼が自分のことを女として見ているのはよく分かっている。

――まあ、いいか……。

五年のあいだにすっかり男の身体を忘れていた。それでも自分磨きは怠らずにやってきた自負もあった。

「だったら、お言葉に甘えてもいいですか？」

旭はそう答えて、

「いま一人でタクシーに乗っているんですけど、どこに伺えばよろしいでしょうか？」

と訊ねたのである。

この理事とは二年のあいだ肉体関係が続いた。

別れを切り出してきたのは彼の方だった。旭が別の取引先とも寝ているという噂を偶然聞きつけたからだった。

「そんな女だとは思わなかったよ」

と詰(なじ)られ、

「そんな女ってどんな女なんですか？」

平然と問い返した。こっちは後腐れのないセックスを無償で二年間も提供してきたのだ、と思った。

そのあとも何度か思い出したように呼び出されてベッドを共にしたが、やがて担当を外れると彼との関係は自然消滅となった。当然、担当している間は彼の力を借りて、他社を出し抜くような契約を幾つも成約させて貰ったものだ。

旭は仕事上の必要を感じれば取引相手とのセックスを厭わなくなった。セックスの喜びは経験と共に深まっていったし、どの男にも、寝ると必ず「いい身体をしてるね」と言われた。いまになって振り返れば、その最初の一言が欲しくて、何人もの男と寝ていたような気さえする。

プチ整形をしたのもその頃で、一重瞼を二重瞼に変え、鼻と頬にもわずかな修正を施した。全部で百万円近い持ち出しになったが、仕事の必要経費と思えば高くはなかった。むろん日々のボディトレーニングも欠かしたことはない。

しばらくすると、社内でもよからぬ噂が流れるようになった。だが、真偽を質されれば完全否定したし、そういう噂を流した張本人を見つけ出して激しく責め立て、謝罪の代わりに新規の契約を結ばせたりした。

中には立腹して凄んでくるような手合いも何人かいたが、旭が開き直って、

「じゃあ、出るところに出てみましょうか」

と詰め寄ると、全員すごすごと引き下がった。

妻子ある男が社会人としても、人間としてもいかに脆弱な生き物であるかを旭はそうやって痛切に思い知ったのである。

10

あれは三十六歳になる直前、二〇〇九年（平成二十一年）の四月初めのことだった。

午前中、杉並にある大きな病院で営業を行ない、帰りに病院の敷地内にある売店でサンドイッチを買って簡単にお昼を済ませることにした。

その病院は、とある宗教団体の経営で、同じ系列の病院を全国に展開していた。

杉並には教団本部が置かれ、従って病院もそこが本院で、規模も最大だった。教団経営と言ってももちろん患者は信者だけに限られているわけではなく、あらゆる人が受診できる。教団の力もあって院長以下のスタッフにも優秀な人材を揃え、医療水準の高い有名な病院でもあった。

ただ、事務方や看護師などの採用においては信者や信者の身内が優先されるのは確かで、旭のような出入り業者のあいだでも売り込み競争に有利なのはやはり信者であるセールスの方だった。

だが、旭はそうした序列の中で例外的にこの杉並本院とは毎年、大きな取引を続けていた。というのも母の鈴音の中学時代の親友が教団幹部の一人となっていて、こと本院に関しては何かと融通をきかせてくれていたのである。

月に一度は付け届けを持って教団本部に彼女を訪ねていたし、別の日には病院に顔を出して総務課、調達課、物品課の顔見知りへの挨拶も欠かさなかった。そして、そういう営業回りを済ませると、本院の敷地内にある別棟の売店でサンドイッチかパンを買って売店の裏のベンチで昼食を取るのが旭のたのしみの一つだったのだ。

その日も正午少し前に卵サンドを買ってベンチへと向かった。

ふだんは空いているのだが、その日は先客があった。小柄な青年が真ん中に陣取って弁当を食べていたのだ。しかも彼には見覚えがある。

青年の方もすぐに気づいてこちらを見た。彼から先に小さく会釈をして、膝の上の弁当箱を両手で捧げ持つようにすると中腰のまま急いでベンチの真ん中から左隅へと移動したのだった。

それはとても慌てた感じで、そうでなければ旭はわざわざ空けてくれたスペースに座るような真似はせず、礼だけ言ってその場を離れていたと思う。彼があまりに恐縮ぶった態度を見せるので却って遠慮するのが憚(はばか)られてしまったのだった。

多少居心地の悪さを感じながら、「ありがとうございます」と呟いて、旭は彼と反対側の隅に腰を下ろした。

素晴らしく晴れた日で、満開の桜は病院正面の明るい前庭で咲き誇っていたが、この裏手に桜の木は一本もなく、強い日射しは鬱蒼（うっそう）とした木々のおかげで直接は届かない。旭にすればそういう地味な雰囲気が余計に落ち着くように感じられたし、いつも空いているベンチが気に入ってもいたのだった。

「今日は夕方出勤じゃないんですか？」

二つ入りのサンドイッチの片方を食べ終えたところで彼女の方から声を掛けた。

黙々と食べていた青年がぎょっとした感じで彼女を見る。その大袈裟な反応が旭には面白い。

「バイトさんでしょう？　そこの売店の」

ますます怪訝そうに彼は旭を見ている。

「たまに夕方、何か買いに行ったときお顔を見ていたんで。深夜帯のバイトさんかなって」

営業回りが夕方になることも多く、そんなときも帰りに売店に立ち寄ることがよくあったのだ。ここの売店は病院の敷地内にもかかわらず朝から夜中まで開いていて、近隣住民にとってはありがたい存在でもあるようだった。

「週に一度は昼に入っているんです」

「そうなんですか。いつも木曜日？」

その日は木曜日だった。

「いえ、ふだんは水曜日なんですけど今日だけ一日ずれたんです」

「そうなんだ。なんで？」

旭の方がズバズバ質問してくるので、彼は一層どぎまぎしている。その感じがまた面白い。

「木曜日の人が今週は都合がつかなくなって、それで交代して欲しいって」

「へぇー」

別に興味があることでもないので、それ以上は突っ込まなかった。

よく見ると青年は可愛らしい顔をしていた。目が大きくて鼻筋も通っている。身長は百六十を少し超える程度だろうが、Hey! Say! JUMPの山田涼介に似ていなくもなかった。

年齢は幾つくらいだろう。せいぜい十九か二十、それくらいか。

——弟というより息子に近いってことか……。

そう思うとげっそりする。

「学生さんだよね」

「いえ、専門です」

彼がそこだけはっきりと言った。

「専門学校？」

「はい」

「専門生だって学生さんでしょう」

そう言うと、彼が首を傾げながら「まあ……」と小さい声で頷く。

「幾つ？」

いちいち反応がおどおどしていておかしかった。

「二十三です」

意外な答えが返ってくる。

「二十三って二十三歳ってこと？」

「ええ、まあ」

「全然見えない。高校出たばかりくらいかと思った」

「あの……」

ちょっと口籠もって彼が言う。

その様子に「もう話しかけないで下さい」とでも言われるのかと旭は少し身構えた。

「結構回り道しちゃって、それで去年専門に入ったんです」

しかし、彼は手元の弁当箱に箸を置くと姿勢を正してそう言った。

「回り道って、引き籠もりとか」

旭がまたズバリと言う。

「はい。まあ、そんなところです」

「へぇー」

いかにもな雰囲気ではあるが、こんなに可愛い子が引き籠もりなんてもったいない、と率直に感じた。

二十三歳ということは、それでも自分より一回り、いや十三歳も若いということか。

「でも、布施君。面白いお弁当を食べてるね」

重い話はスルーして、旭はさっきから気になっていることを訊く。

「布施君」といきなり名前を呼ばれた彼がまたぎょっとしていた。胸の名札は外していたが、夕方の店で何度か顔を見ていたので、そのときの記憶で「布施」と分かっていた。長年営業をやっていればその程度はお茶の子さいさいである。

旭はそこで二個目のサンドイッチをさっさと食べ終えてゴミをレジ袋に入れると、それとパックのヨーグルトドリンクを手にして彼の方へと尻を思い切りずらした。

布施が背筋を硬くしてこちらに半身を向ける。

「ねえ、どうしてハンバーグとナポリタンだけなの？」

気になっていたのはそのことだったのだ。彼の弁当箱には大きなハンバーグとナポリタンが半々に入っていた。あとは何にもない。

「ご飯は？」

返事がないので質問を重ねる。

「ご飯は食べないんです。眠くなるんで」

「そのハンバーグとナポリタンは誰が？　おかあさん？」

彼が首を横に振る。

「自分です」

「へぇー。布施君って料理するんだ」

「ハンバーグとナポリタンだけですけど」

「そうなの？　なんで？」

「どっちも好きなんで」

「じゃあ、他の日はお弁当じゃないの？」

まさかハンバーグとナポリタンだけの弁当を毎日食べているわけもない。

「他の日も弁当は全部これです」

だが、布施はそう答え、

「週末に両方まとめて作って、冷凍してるんです。それを毎日こうして詰めて持ってきています」

「そうなんだ……」

旭はちょっと感心した気分で布施を見た。

「ねえ」

そこでさらなる悪戯心が芽生える。

「ちょっと一口、味見させてよ」

布施が生唾を飲む音がはっきりと聞こえた。

うんともすんともない態度にもどかしくなって、旭は、彼が手にしていた箸を奪い取ると、それぞれ半分ほどになっていたハンバーグとナポリタンを一口ずつ食べた。

面食らっている布施に箸を返しながら、

「両方とも案外いけるじゃない」

と言った。そして、「メモある?」と続ける。

半分困ったふうな顔をしながらも布施がポケットから携帯を取り出した。新型のアイフォーンのようだ。

「いまから私が言うことをメモしてね」

布施がディスプレイをいじってメモ機能を呼び出す。

「これ牛と豚、半々だよね」

小さく頷いている。

「牛が多過ぎ。豚七、牛三に変えて。あとパン粉も多いから三分の二に減らす。ナツメグパウダーが入っていないから必ず入れてね。いまはスーパーでもどこでも売ってるから。

一番安いのでOK。あとナポリタンは最後にバターを少し入れること。他は問題なし」

布施は熱心にメモしている。

「それでいまの倍は美味しくなるよ」

旭は、飲み終えたヨーグルトドリンクのパックを手元のレジ袋に放り込んでベンチから立ち上がった。

スマホをポケットにしまっていた布施が見上げてくる。

「来週は？」

彼が、きょとんとした顔になる。

「来週、また味見してあげる。水曜日の昼の同じ時間にここで待ち合わせしましょう」

「そうなんですか？」

訳の分からない返答だった。

「水曜日なんでしょう、普段は？」

困惑の表情で布施が頷く。だが、その顔はとても愛らしい。

「その代わり、私の分もちゃんと持ってきてね。じゃあね」

そう言うと旭は手を振って彼の前から立ち去った。

これが、旭と布施吾郎との付き合いの始まりだったのである。

11

布施の母親は教団の熱心な信者であったらしい。そのコネで彼は売店でのバイトを斡旋(あっせん)して貰ったのだった。

両親は母親の信仰を巡って諍(いさか)いが絶えず、布施が中学生のときに父親は家族を捨てて出て行った。それをきっかけに布施は不登校になる。中学入学と同時にいわれなきいじめにあっていたようなので、家族崩壊の機会を捉えて学校から逃げ出したというのが真相だろうと、旭は布施の打ち明け話を聞きながら思っていた。

かろうじて高校には進学したものの一日も登校できず、ほどなく退学となった。それから十八の歳まで引き籠もりを続けたが、ある日、「もういいやって思った」途端に「呪縛が解けた」のだそうだ。

そこから高卒認定試験の勉強を始めて、二年後、二十一歳の夏に認定資格を取得した。そして二十二歳で西新宿のコンピュータ関係の専門学校に入り、その二年目に旭と出会ったのだった。

きょうだいは妹が二人。布施によれば「二人とも普通に学校に行って、普通に部活をやって、普通に元気にしている」らしかった。

離婚をしたものの母親と父親はいまでもたまに連絡を取り合い、父親からの仕送りも滞りなく続いているという。

「結局、僕一人がうちの家族の悩みの種だったんですけど、いまはこうして一人暮らしもしているし、バイトでアパート代くらいは賄っているので親も妹たちももう僕にはあんまり関心がないんです」

翌週、ハンバーグとナポリタンの試食をした際に布施はそんなふうに言っていた。

「こんなに美味しくなるとは思いませんでした」

旭のアドバイスを忠実に守ったらしく、布施はハンバーグとナポリタンの味が格段に向上している点に感動しきりだった。

次の週は同じ水曜日の夜に日本橋で待ち合わせて、彼をハンバーグで有名な洋食屋に連れて行った。そこで名物のハンバーグをご馳走し、

「布施君も、どうせだったらこれくらいのを作りなよ」

と発破をかけた。

「だけど、どうやって作ればいいか分からないですよ」

案の定の反応にしめしめと思って、

「だったら、これと同じ味を再現してあげるから、週末にうちにレシピを習いに来ない？」

と誘った。

「兵庫さんのお宅にですか？　僕なんかがお邪魔してもいいんですか？」

更に腰が引けるかと思っていたら、意外にも彼はすぐに乗ってきた。きっとハンバーグと一緒に飲ませたグラスワインが奏功したのだろう。

「もちろんだよ」

旭はさっそく当時住んでいた泉岳寺(せんがくじ)のマンションの住所を伝えた。

布施が童貞であることは一目瞭然だった。一生に一度くらい、若い男の初めての女になってみたいと彼女はしばらく前から思うようになっていたのである。

布施と関係を結んだ後も、旭の暮らしぶりに変化はなかった。仕事相手と寝ることもあったし、それでも布施に対して申し訳ないと思う気持ちはさらさらなかった。

布施とは週に一度はセックスをした。

初めて女を知って、布施の方は当然ながら毎日でも旭の部屋に通いたそうだったが、最初のうちは鍵も渡さなかったし、平日は仕事で疲れているから生活を侵害しないで欲しいと強く求めてもいた。

布施が旭の部屋にやって来るのは大方、土日か祝日だった。

ただ、旭の気が向いたときは電話で急に呼び出すこともあった。布施はその度に必ず飛んできた。

——こいつ犬みたいだな。

そう思った。

それもあって付き合い始めて三ヵ月もすると、布施のことを下の名前の「吾郎」と呼ぶようになった。心の内では吾郎ではなく「ゴロー」。いかにも犬めいた呼び名だと旭は密かに気に入っていた。

例によって一緒にいるときも料理はもっぱらゴローの役目だった。いろんな料理本を揃えて、食べたいものを作らせた。味の指導は旭がやるのでどれも上々の出来だった。

「どうして旭さんは料理をしないの？　すごく上手なはずなのに」

半年も経った頃から、ゴローも「兵庫さん」から「旭さん」へと切り替えてきた。別に旭の方に異存はない。

ゴローの料理の腕前はみるみる上達していったが、それでも、やはり彼の最も得意とするのはハンバーグとナポリタンで、この二品だけは旭も一緒になってあれこれ改良を加えていった。

現在「モトキ」で出しているハンバーグとナポリタンの基本レシピは、その頃にゴローと二人で完成させたものだ。

ゴローとの関係は肉体の交わりだけだと割り切っていた。彼は上背はなかったが案外いい身体をしていたし、童貞だったので房事を一から教える喜びもあった。

十三も歳の離れた相手とまともな恋愛ができるわけもなく、共に生きる将来を思い描けるはずもなかった。

あれは、付き合い始めてちょうど一年が過ぎた頃だった。

「旭さんと僕って、これからどうなるんだろう？」

ある晩、セックスが終わったあとでゴローが言った。彼がそんなことを口にするのは初めてだった。

「旭さんって僕のことどう思っているの？」

不意にゴローがこちらを向き、隣に寝ている旭に訊ねてきた。旭はゴローの足に絡めていた自分の足を抜いて、

「ゴローは可愛い人だといつも思っているよ」

と言う。これは半分本当だった。

「僕は旭さんが好きだよ」

するとゴローはさらに先へと駒を進めてくる。年齢差もあって、そういう話はこの一年、お互い持ち出さないのが暗黙の了解になっていた。そのように旭が仕向け、ゴローも当然のように受け入れているはずだった。

面倒くさいな、と思ったが、反面でちょっと面白くなってきたなとも感じた。もう一年も付き合ったし、そろそろ潮時なのはよく分かっている。別れる前に少しはヒリヒリする

やりとりをしても罰は当たらないだろう。

「私のどこが好きなの？」

旭は自分の駒も動かすことにする。

「うーん」

吾郎はやや迷うような表情を見せる。その顔はいつもながら可愛らしい。前髪はまだ汗で湿ったままだ。

「やっぱり格好いいところかな」

と言った。

「格好いい？　どこが？」

「全部。はっきりしているし、クールだし、僕みたいにぐずぐずじゃないし。そういうのが全部格好いいと思います」

「へぇー」

「僕は可愛いだけですか？　好きなわけじゃないってことですか？」

「さあ、どうだろう。好きとか嫌いとか、私、昔から、そういうのよく分からないんだよね。でもゴローは可愛いし、ときどき無性にゴローとこういうのしたくなるんだから、きっと好きなんだと思うよ。私なりにね」

「僕たちってこれからどうなるんでしょうか？」

「さあ。歳も一回り以上も違うし、どうにもならないと思うよ」

「そうでしょうか?」

解いていた足をゴローがまた絡めてきた。

「ねえ、なんで急にかしこまった物言いになるのよ」

旭が苦笑すると、

「分かりません。なんでだろ」

ゴローも小さく笑った。

それからしばらくは無言で互いの足をこすりつけ合っていたが、

「あの、正直に言っていいですか?」

と彼が切り出した。

「だから、その丁寧語やめなよ」

「はい」

「で、何?」

「あの、正直言うと、僕は来年卒業して仕事見つけたら、旭さんと結婚したいと思ってる」

「結婚?」

旭は思わず素っ頓狂な声を上げた。ずっと一緒にいたい、くらいのセリフは出るのかと思っていたがまさか「結婚」なんて言い出すとは想像していなかったのだ。

「やっぱり無理かな。僕なんかと結婚するなんて」

「ゴローさあ、結婚って何のためにするか知ってる？」

「その人とずっと一緒に暮らしたいから」

「そうじゃないでしょ」

「違うの？」

「あのね、結婚っていうのは子供を作るためにするんだよ」

「子供？」

「だから、いまゴローが言ったことは、要するに私に自分の子供を産んでくれってことなわけ」

「へぇー」

「ゴロー、そういうの分かってる？」

「まあ、そう言えばそうか、くらいだけど」

「女はね、妊娠したら人が変わるよ。妊娠中はいろいろわがまま言うし、たとえば夜更けにアイスクリームが食べたいとか、どうしてもファミチキが食べたいとかさ。そんなときゴロー、文句言わずに買いに行ってあげたりできる？」

「テレビドラマとかでそういうの観たことある。それくらい何でもないでしょ」

「ほんと？」

「もちろん」

「嘘だよ。ゴローって寝付きがいい分、一度眠ったら叩いたって起きないじゃない。そんな人にそういうのは不可能」

「そんなことないよ」

「だったら、テストする？」

「テスト？」

「何回かテストして、ゴローが夜中にちゃんと起きて買い物に行ってくれたら、さっきの話、考えてあげてもいいよ」

「何、それ」

ゴローは呆れたような表情を作った後、「旭さんは、ずるいなあ」と言いながら旭の身体に覆い被さってくる。下半身がまたすっかり元気になっていた。

それから二人の間で「妊娠したらどうするごっこ」が始まった。旭のマンションに泊まった晩、夜更けに突然、ゴローを起こして近所のコンビニでいろんな品物を買って来させるというゲームだった。

どうせすぐに音を上げると思って試していると、意外なほどゴローは頑張った。

毎回、眠そうにしながらもベッドから起き出して、マンションから二百メートルほどの交差点そばにあるファミリーマートまで彼は買い物に行ってくれた。アイスだったりカップラーメンだったりトイレットペーパーや柔軟剤だったり、旭が寝ぼけた頭で思いついた品物をいつも律儀に買ってきてくれたのだった。

そんな馬鹿げたゲームが二ヵ月ほど続いた梅雨の時期のこと。

こうなったらもう一段ハードルを上げようと狙っていた旭に絶好の機会が訪れた。その日は夜半から東京の空は大荒れで、強い風と横殴りの雨が部屋の窓に吹きつけていた。

「ゴロー」

セックスのあと缶ビール一本でぐっすり寝込んでしまったゴローの肩を揺すって起こしにかかったのは午前二時過ぎだったか。

窓の外は激しい風と雨の音で満ち満ちていた。

「ねえ、朝ご飯にコーンマヨパンが食べたいよ」

ゴローの耳元でささやく。ゴローはいつものように薄らと目を開ける。そして自動人形のようにベッドから降りると、さっさと着替えて部屋を出て行ったのだった。

意識朦朧だから外が大雨だというのにも気づいていないに違いなかった。旭の方も眠くてしょうがなかったので彼が傘を持って出かけたかどうかの確認もしなかった。

とはいえ、たとえ傘があったとしてもこの暴風雨では役に立つわけもない。

マンションの玄関を出たところでびっくり仰天し、慌てて引き返してくるのは必定だと思われた。

――これでマイナス一ポイントだね……。

そうほくそ笑んでいるうちにいつの間にかまた寝入ってしまったのである。

明け方、ふと目を覚まして隣のゴローの方へと寝返りを打つ。

這々の体で逃げ帰ってきた場面を見損なったじゃない、と自分にダメ出しをしながら目を開けると、そこに寝ているはずのゴローの姿がなかった。

旭は面妖な気分で半身を起こし、リモコンで寝室の明かりを灯した。外はまだ雨が降っているようだったが、窓を叩く雨音は絶えている。

ゴローの姿はどこにもない。ベッドサイドテーブルに置いてある鍵や財布も見当たらないし、クローゼットの扉は半分開いたままだった。そこにはいつも彼のズボンや服が掛けてあるのだ。

ゴローが出かけたのは間違いなさそうだった。

旭は募ってくる不安を抑えつけながらベッドから降りた。

――ずぶ濡れで戻ってきて、リビングのソファでそのまま寝落ちでもしているのだろう……。

胸騒ぎを覚えつつ寝室を出ると、廊下の先のリビングルームのドアを開ける。

たまに寝ているソファにも彼の姿はなかった。

一つ息を詰めて、旭は寝室に戻ると急いで着替えを済ませ、バッグと傘を持って部屋を飛び出す。

――きっと私のことがイヤになってそのままアパートに帰ったのだ。

ゴローのアパートは西新宿で、通っている専門学校のすぐ近くだった。旭も一度だけ訪ねたことがある。

――それとも、こうして私を心配させたくて、リビングで雨が小降りになるのを待って引き揚げたのか？

どんなに自分に言い聞かせても、不吉な予感は薄まるどころかどんどん濃度を増していく。

外に出ていつものファミマが見えてきたところで、旭の足は竦（すく）んだように止まってしまった。

歩いているあいだに雨はやんでいた。空には薄日がさしている。いまが何時だか確かめずに来たが、もうすぐ夜が明けるのだろう。

コンビニの前には警察車両が何台もとまっている。そこは三叉路の交差点のすぐそばなのだがファミマの店舗から右に視線をずらしていくと信号機のある角に大型トラックが一台、不自然な恰好で停車しているのが見えた。トラックのそばには数人の警察官がたむろしている。

旭は傘を畳むと、ふらふらとした足取りで、まずそのトラックへと近づいていく。

少し離れた場所にいる警察官に、

「二時間くらい前にここに来たはずの彼氏がまだ帰ってこないんですけど……」

普通の訊き方をしても答えてくれるかどうか分からず、旭は正直に訊ねた。

「幾つくらいの方ですか」

「二十四歳です。名前は布施吾郎というんですが」

警察官は丁寧な物言いで問い返してくる。

「ここで少しお待ち下さい」

若い警察官はハッとした顔になって、たむろしている警官たちの方へと走り寄る。中から一人、中年の警察官が出てきて彼と一緒にやって来た。

「布施吾郎さんのお身内の方ですね」

中年の方が言う。

「はい。恋人です」

「布施さんは二時間ほど前に事故に遭われて、病院に搬送されました。関東第一病院です」

「事故って、あのトラックにはねられたんですか？」

旭がそっちを見ながら訊ねる。

「はい」

そこで一瞬、意識が飛びそうになったがなんとか持ちこたえた。

「あの、ゴローは助かったんでしょうか?」

「詳しくは病院で訊いて下さい。救急車で搬送されるときはまだ生きておられました」

「まだ生きていた……」

「もし、このまま病院に行かれるのであれば、私どもがお連れしますが……」

若い警官の方が気の毒そうな口調で言ってくれる。

「よろしくお願いします」

旭はただ深々と頭を下げることしかできなかった。

12

ゴローは一体どんな人間だったのだろう?

思い出してみてもよく分からない。

「人間が、みんな怖い」

彼はよくそんなようなことを言って旭の乳房の谷間に顔を埋めてきたものだ。

「気持ちいーなー」

うっとりした声で繰り返していた。

「自分のことは？」

ある日、旭が訊くと彼は不思議そうな表情になった。

「だって自分だって人間じゃない。人間がみんな怖いんだったら自分も怖くなくちゃ」

「あ、そうか」

ゴローは思わぬ指摘を受けた顔で、しばし考え込んでいたが、

「よく考えたら、自分も怖いよ」

と言った。

「旭さんの言う通りだね。もしかしたら、自分が一番怖いのかも……」

とまで彼は言ったのだ。

あのとき、ゴローは自分の一体何がそんなに怖いと思ったのだろうか？

人間のことを怖がる、そういう自分自身の心こそが怖くなったのか？

そして、彼が言う「怖い」人間たちのなかには旭も入っていたのだろうか？

ゴローに一度、

「ゴローって何か夢があるの？」

と訊ねたことがあった。

「あるよ」

即答だったのでびっくりして、

「何？」

と更に訊いたら、

「普通に暮らすこと」

はっきりとした声で答えた。

あの夜まで、果たしてゴローは普通に暮らすことが少しでもできたのだろうか？「普通に暮らす」と言ってもたった二十四年の生涯では、何が普通で何が普通でないかも分からなかったのではなかろうか？

とにかくゴローはあっと言う間に死んでしまった。

そして、彼を殺したのは紛れもなく旭だった。

13

旭の持ち歌は今井美樹の「PIECE OF MY WISH」と「PRIDE」、安室奈美恵の「Don't wanna cry」と「Hero」、それに中島みゆきの「地上の星」の五曲だった。

最初の三つと「地上の星」は営業時代に接待カラオケでさんざん磨いた曲で、「Hero」だけは「モトキ」を開いて歌い始めた曲だった。

スナック「輪」でステージに上がったときも、この五曲のどれかを歌うことにしている。たまに常連さんに誘われてデュエットする機会もあったが、そういうときは常連さんの持ち歌に付き合って歌う。

二十代の頃は、お得意さんの「デュエット要員」としてしょっちゅう接待カラオケに動員されていたので、オジサンたちが好むデュエット曲はおおかた歌ったことがあった。まして、「輪」のようなスナックだと、旭が若い頃に一緒に歌った四十代、五十代のオジサン層がそのまま持ち上がって常連となっているため、彼らの持ち出すデュエット曲を知らなかったことはいまのところ一度もない。

若い頃から今まで、オジサンたちと肩寄せ合って歌って楽しいと思ったことはない。だが、仕事だと割り切って歌っているうちにデュエット自体は嫌いではなくなった。

身体の関係ができた相手と一緒に歌うのは大好きだ。

そういう男とのデュエットには〝声のセックス〟といった趣がある。

セックスの最中、女は声を張り上げるが、男の方は息づかいが荒くなるばかりで生の声を発することはほとんどない。

こっちは声まで裸をさらしているのに、と時々悔しくなっていた。

その分、セックス相手と一緒に歌って、彼らの普段は聞けない肉声に触れるのは快感だったのだ。

二階堂さんの持ち歌は、さだまさしの「無縁坂」と「関白宣言」、小林旭の「熱き心に」だった。

どれも渋い低音で切々と歌って、実に聞かせるのだが、彼はステージには絶対に上がらない。いつも定席となっている奥のボックスシートで照れくさそうに両手でマイクを握り、俯き加減に歌い切る。

旭は、二階堂さんのそういうところが好ましかった。

ひー君の送別会をやった次の週の木曜日、半月ぶりに二階堂さんと「輪」で飲むことになった。三日の日に二階堂さんの部屋でうな重をつつきながら例の告白を聞いて以降、一度も会わなかったし、電話もＬＩＮＥもなかった。それがその日の午後、久しぶりにＬＩＮＥが来て、「輪」で飲まないかと誘われたのだった。

午後九時過ぎに顔を出すと、二階堂さんはすでに飲み始めていた。

二階堂さんの方は週に四日か五日は「輪」で飲んでいる。「輪」は土日定休なので、つまり平日はほぼ毎日、「輪」に通っているのである。順子ママとはもう二十年来の付き合いのようだった。

二階堂さんは交換条件を提示してきたとき、これと同じ条件で便宜を図った相手が他にもいると教えてくれた。

「兵庫さんが最後の三人目なんだ」

と言っていたから、交換条件を飲んだ相手はあと二人。

その二人のうちの一人は、きっと順子ママだと旭は睨んでいる。だが、それをママに匂わせたことはなかった。旭が「最後の三人目」ならば、一人目か二人目の順子ママは、残りの人間の存在自体を知らない可能性もある。加えて、そんなことでママと秘密を共有したところで何か意味があるとも思えなかったのだ。

二階堂さんとママがどのような縁を結び、ゆえに二階堂さんが「輪」に日参しているのかその事情は詳（つまび）らかではない。二階堂さんもママも何も言わなかった。

ただ、ママが昔は大森の方で和菓子屋を営んでいたという話は二階堂さんも言っていたし、ママ本人の口から聞いたこともある。「おめが家」という一風変わった名前の菓子舗で、みたらし団子が名物だったらしい。常連さんたちが「おめが家のみたらし団子は本当にうまかった」と懐かしそうに話すこともあった。

ママはそこの一人娘で、腕のいい菓子職人だった父親と一緒に店をやっていたが、父親の死と共に店を畳み、そのあと紆余曲折（うよきょくせつ）を経て、ここ大井町の三ツ又商店街にスナック「輪」を開いたようだった。

順子ママは「箕輪順子」という名前で、店名の「輪」は姓から一文字抜いて付けたのだった。とっくに還暦は過ぎているそうだが、とてもそんなふうには見えない。涼しげな目元と上品な口許の日本風の美人だ。

旭とは比較にもならない美貌だったが、一つだけ共通点があり、それもママが二階堂さんの手札の一人ではないかと目星をつけた理由になっている。

ママは相当な巨乳なのである。

いつもは普通のワンピース姿だが、それでも胸の膨らみが目立つ。たまに胸元の開いた服を着ていると、否応なく見事なバストが目に飛び込んでくる。自分のと比べても遜色はないし、年齢を考慮すればママの方が大きいと言っても過言ではなかった。

——つまり二階堂さんは巨乳好きなのだろう。

旭はそう思っている。

だとすると、誰やも知れぬ三人目の手札もまた巨乳の女性だろう——と当たりを付けているのだった。

旭が常連さんの一人と「別れても好きな人」をステージで歌ってボックス席に戻ってくると、二階堂さんが旭の分の新しい水割りを作ってくれた。ママを呼び止め、それで空になった黒ラベルのボトルを指さす。ママが頷いてカウンターの奥のバックヤードに入り、新しい一本を持ってきてくれた。

二階堂さんが愛飲するのは「山崎18年」で、「輪」でそんな値の張るウイスキーを飲んでいるのはむろん二階堂さん一人だった。

わざわざママに頼んでプレミアム価格で取り寄せて貰っているらしいが、昨今の〝山崎ブーム〟で恐らく一本十万円ではきかない値段だと思われる。なので二階堂さんのボトルはカウンターの壁の棚にずらりと並んだキープボトルの中には置かれていなかった。

二階堂さんはいつもその「18年」で薄い水割りを作って、ゆっくりと味わいながら飲んでいる。もとからそれほど酒は強くないらしい。その代わり、旭のために作る水割りの方は思い切り濃くしてくれて、旭が「もったいないですよ」と言うと、

「いいじゃないか。少しは僕にも見栄を張らせてよ」

と毎回、返してくるのだった。

こんな場末の小さなスナックで十万円以上もするウイスキーを最低でも毎週一本は空にしている二階堂さんという人は、べらぼうなお金持ちなのだと旭は思う。

あの夜、二階堂さんは、

「この八年、どうやって死んだら天国に行けるかをずっと考えてきたんだ。そのために旭ちゃんにもあんな交換条件を出したわけだしね」

そう言い、

「八年考えてきて、結局どうすればいいのか全然分からないんだよ。挙げ句、こうやってあっと言う間に時間切れになっちゃった」

と苦笑いを浮かべたのだった。

「そういえば、この前の土曜日、陶子さんがいらっしゃいましたよ」

受け取った水割りを一口飲んで旭が言う。

「とってもお元気そうでした」

「そう」

さほど関心があるふうでもなく二階堂さんが頷く。

「また、男と一緒だろ」

付け足すように言った。

「ええ。でも、その人とは土曜日が最後みたいでした」

旭は、ひー君の顔を思い浮かべながら答える。こういう話を二階堂さんに〝告げ口〟するのは初めてだった。やはり自分の中に二階堂さんへの侮りのようなものが生まれているのかも知れない、と彼女は口にしたあとで自戒する。

「まあ……」

二階堂さんがつまみのチーズを一切れ口の中に放り込む。

「陶子たちは、あれはあれでうまくやっているのかも知れない」

口をもぐもぐさせながら言った。

「ついこのあいだ初めて知ったんだが、公綱(きみつな)君の方も麻布に愛人を囲っているらしい。どっちもどっちというか、それでおあいこというか、こうなると厄介なお姑さんの存在があの夫婦のかすがいってわけなんだろうね」

公綱君というのは、漆原家の長男で、陶子さんの夫君だった。

「そうなんですか？」

「ああ。半月ほど前に磁一が電話で知らせてきたんだ。知り合いの不動産業者がその愛人が住んでいる南麻布のマンションを管理していて、それで教えてくれたらしいよ。契約者が公綱君本人だというんだから何をか言わんやだよ。それにしても、磁一のやつ、そんなことで朝っぱらに電話してくるところを見ると、よっぽどヒマなんだな」

二階堂さんは磁一さんのこととなると、常にそういう皮肉めいた口吻になる。

だが、内心でこの長男のことを深く愛しているのは確かだった。磁一さんの方も父親である二階堂さんが大好きなようで、それは「モトキ」に昼食を食べに来る彼の話し振りを見ていればよく分かる。

そもそも二階堂地所の社長である磁一さんが、「モトキ」のような小さな店にたびたび顔を出すのは、旭と父親との〝特別な関係〟を疑っているからだった。ただ、磁一さんはそれを決して否定的に見ているわけではなく、むしろ歓迎している気配さえある。

――磁一さんは案外、父親の巨乳好きを知っているのかも……。

急に閃いて、余りに馬鹿馬鹿しい想像に我ながら呆れてしまう。

それからも旭はステージで何曲か歌い、二階堂さんも持ち歌を座ったままじっくりと歌った。

いつの間にか時刻は午前零時を回っている。

あの日以来初めて「輪」に招かれ、てっきり三日の件で何か決まったのかと旭は思っていた。むろん店の中で具体的な話まではできないだろうが、気持ちが固まったとか、時期をいつにするかとか、そういうことを二階堂さんが告げるなり匂わせるなりしてくるのだろうと思っていたのだ。

だが、二階堂さんはふだんと変わらず、ただ、楽しそうに飲んでいるだけだった。

常連さんたちも一人、二人と退散し、いまは旭たちと、離れた席に背広姿のサラリーマンの三人組がいるだけだった。

すっかり氷が溶けた水割りを二階堂さんは飲み干し、旭が新しい酒を作るためにグラスを持とうとすると、それを手のひらで制止してみせた。そして、

「旭ちゃん、ちょっと手を見せてくれる」

不思議なことを言ったのだった。

「手、ですか？」

「うん」

「こうですか」

右手を突き出してみる。二階堂さんがそれを摑んで、ぐいと手元に引き寄せた。思わぬ力強さに旭の上体が少し前に傾く。

二階堂さんは旭の右の手のひらを両手で広げるとゆっくりと撫で、それから手相の線の一本一本を人差し指でなぞっていった。それから両手で手のひらを包み込むようにした。二階堂さんがそんなふうに旭の身体の一部に触れてきたのは初めてだ。

隣同士で座っても、触れない程度の隙間を用心深く作るのが二階堂流なのだった。酔っ払ってもその一線を越えることは決してない。

旭の手を揉みしだきながら、二階堂さんは手元をじっと見つめている。

「こうやってぼーっとしているとね、キイロイフチが見えるんだよ」

口から奇妙な言葉が洩れる。

「キイロイフチ？」

「そう。水を深くたたえる淵なんだがね、覗き込むと黄色の水が滔々と流れているんだよ」

その言葉で、「キイロイフチ」が「黄色い淵」なのだと旭は理解する。

「そして、それが見えてくるといつも、ああ、あの深い淵に身を投げて死んでしまいたいと思うんだよ」

旭は黙って、右手をされるままにするしかない。

二階堂さんが顔を上げた。まじまじと旭の顔を見て、

「旭ちゃんも、目を閉じてイメージしたらきっと僕の見ているものと同じ黄色い淵が見え

ると思うよ」

と言う。

「僕は中学生の頃から見えるようになって、いまでは目を開けていても、こうしてはっきりと見えるんだ。流れる水は歳を取るごとにどんどん水量を増して、もはや大河の様相を呈している。飛び込むにはもってこいなんだ」

返す言葉がなく、仕方がないので旭は目を閉じてみた。

「黄色い淵、ですか……」

右手を二階堂さんが押し戻すようにして手放した。

「私には何にも見えないけど……」

閉ざされた視界は、ただ薄ぼんやりした闇で覆われているばかりだ。

「大丈夫。そのうち旭ちゃんにもきっと見えるようになるさ」

二階堂さんはまるで自分に言い聞かせるように言ったのだった。

14

結局、午前二時過ぎまで飲んで「輪」を出た。

例によって二階堂さんを自宅マンションのエントランスまで送っていく。これまでは旭が自発的にそうしていたのだが、この前、二階堂さんの話を聞いて、彼がいつも旭の同行を拒まなかったのには理由があったのだと初めて分かった。

歩道橋を降りる二階堂さんの足下を注視すると、なるほどわずかだが心許なげな感じがある。

踊り場で二階堂さんはふと足を止めて、

「階段もね、今年の初めくらいからちょっと怪しくなってきているんだよ」

自嘲気味に言った。

「ものの本によればそういう日常的な空間認識が徐々に衰えてくるらしい」

「摑まりますか」

旭が左腕を差し出す。

「いや、まだ全然大丈夫」

そう言って二階堂さんは慎重な足取りで再び階段を降り始める。

「若い頃からね、五十になったらいつ死んでもいいとずっと思ってたんだ。しかし、まさか還暦を過ぎてこんな目に遭うとは予想もしていなかった。五十で死んでもいいと言っておきながら十五年も余計に生きた罰が当たったんだと、当時、つくづく思ったよ」

あの日、二階堂さんは、うな重をぺろりと平らげたあとでニカッと笑ってそう言った。

そのときの二階堂さんと今の二階堂さんは別人のようだが、きっと今の二階堂さんが本当の二階堂さんなのだろうと旭は思う。人間、強がりだったら幾らでも口にできるが、厳しい現実の前ではどうしたって真剣にならざるを得ないのだ。

マンションの入口で別れ、旭は帰路につく。

大井三ツ又の交差点を左折して「大井三ツ又中通り」の交差点まで歩き、そこを右折して広い通りを進む。両脇には民家や小さなビル、それに高層マンションが入り交じって建っている。この通りを真っ直ぐ行けば品川区役所だった。

スマホの時刻表示は午前二時三十三分。さすがにあたりは閑散としている。

酔いの回った身体に夜風が心地よかった。誰もいない通りを歩いていると、夜を独占しているような贅沢な気分になる。

中通りの交差点から「品川区役所前」の交差点までは歩いて十分程度。旭の家はそこからさらに五分ほどの場所にあった。

「大井町駅入口」の交差点で信号を二つ渡り、区役所庁舎とは反対側、しながわ中央公園側の歩道へと移った。「モトキ」も家もそちら側のエリアにあるのだ。住所でいうと「大井」ではなく「二葉(ふたば)」だった。

誰もいない歩道をのんびりと進む。

「一本橋」の交差点まで来て信号待ちをしているときだった。

背後に突然、風を切るような鋭い音が聞こえ、ぎょっとして振り返ろうとした瞬間に背中に大きな衝撃を浴びた。

旭はその衝撃で弾き飛ばされ、あれよという間に歩道の敷石に両膝、両手を同時につく恰好で前のめりに倒れ込んだのだった。

「きゃー」

自分の声とも思えぬ叫びが口から吐き出され、それは無人の街路に響き渡った。

最初は何が起きたのか理解できなかった。

両手と両膝を路面に打ちつけ、中でも左膝は右膝を庇うような形で思い切りぶつけたため、足下に散った砂や小石と膝小僧とが擦れる「ズリッ」という音がはっきりと聞こえた。

今日の旭はスカートに素足、スニーカー履きだった。

激痛に両足を放り投げるように尻餅をついてひっくり返る。

視界の先を一台の自転車が走り去っていくのが見えた。あれが後ろから旭に体当たりし、あげく倒れるでも停車するでもなしにそのまま逃げたのだ。

当て逃げ。

だが、急いで起き上がって犯人を追いかける気力などまるでない。

右の手のひらからは血がポタポタと滴っていて、街灯の明かりで見れば、手首の近くに大きな傷が開いていた。

左手の方はどういうわけか小指と中指の爪側に擦り傷ができていて、この二カ所からも血が滲んでいる。

だが最もひどかったのはやはり左膝だった。膝小僧のちょっと下のあたりから血が噴き出している。旭はそばに転がっていたバッグを拾ってハンカチを取り出す。それを帯状に畳んで傷を覆うようにしっかりと巻き、ぎゅっと縛ると必死の思いで立ち上がった。

とにかく満足に歩けるかどうか、骨に異常がないかどうかを確かめなくてはならない。歩けないと分かれば、この場で救急車を呼ぶしかないだろう。だが、それだけは絶対に避けたかった。

相変わらず通りには人っ子一人おらず、助けてくれる者はいない。何もかも自分自身で対処するしかなかった。

ハンカチで止血しても足下へと血が筋状に垂れていく。一歩踏み出すと膝に鋭い痛みが走る。

だが、歩行に問題はなさそうだった。左足を引きずるようにして歩き始める。左の腰部に多少の違和感を覚えるが大したことはなさそうだ。

旭は前を向いてゆっくりと歩く。

考えてみれば、こんな真夜中で助かったと思う。真っ昼間ならば通行人が何人も駆け寄ってきて、「病院に行け」とうるさかったかもしれない。

だが、と一方で思い直す。

明るい時間帯なら暴走自転車がこの界隈を走り抜けることはなかったであろうし、ああやって逃げ去っていくこともできなかったに違いない。

そんなことをとりとめなく思いつつ、よたよたと歩いているうちに、さきほどの光景が鮮明に脳裏によみがえってきた。

背中に感じたのは突然の風圧とタイヤが路面を激しく擦る音だけだった。ライトの明かりはまったく感じなかった。走り去って行く自転車からも光は見えなかった。

恐らくあの自転車は無灯火で猛スピードを出していたのだ。

サドルに跨(また)がる人物は黒いシルエットで服装も何も分からなかったが、ずいぶん大柄な男だったような気がする。

真夜中にライトもつけずに無人の街を自転車で暴走する大男——よりによってそんな奇妙な男がどうして今夜、自分に体当たりしてきたのか？

膝の痛みは歩いているうちに薄くなっていった。出血している右の手のひらの痛みが強くなっていく。じんじんとしたその痛みに耐えながら旭は家に向かって歩き続ける。

——二階堂さんは、どうしてあんな話をしたのだろう？

「輪」での会話を思い出していた。

彼は、いまは血の出ている右手を、意外なほど大きな手で揉みしだくようにしながら、自分には中学生の頃から「黄色い淵」が見えると言った。そして、その淵を覗くといつも

「あの深い淵に身を投げて死んでしまいたいと思う」のだと。

同じ黄色い淵が、「そのうち旭ちゃんにもきっと見えるようになる」とも付け加えたのだ。

——そんなもの……。

手のひらの痛みを味わいながら、旭は思う。

——別にそんなのものが見えなくたって、私は、いつでもどんな奈落の底にでも身を投げてみせるよ。

15

電話が掛かってきたのはランチタイムが終わり、旭が店の扉に「午後、臨時休業します」という手書きの張り紙を貼っている最中だった。

急いで紙をテープで留め、エプロンのポケットからスマホを抜いて相手を確かめる。

藤光が一体何の用事だろう？

今日はまだ金曜日だ。

「いま大丈夫？」

スマホを耳にあてると、遠慮がちな声が届く。

「うん」

時刻はすでに二時半を回っている。

「今夜、洗車に行っていいかな？」

意外なことを藤光が言った。

「今夜？」

「実は、明日から一泊の接待ゴルフで川奈に行かなきゃいけなくなってしまって」

「そうなんだ……」

「先週も例の検査で週末が潰れちゃったし、このままだと丸々二週間、洗車できなくなってしまう」

例の検査とは池袋のクリニックで受けた大腸内視鏡検査のことだった。

「こっちは別に構わないけど。ていうか、今日はもうお店を閉めるつもりだから時間があるならこれからでも、夕方からでもいつでも大丈夫だよ」

「え、そうなんだ」

どうして店を閉めるのか理由は訊いてこない。洗車のことで頭がいっぱいなのだろう。

「じゃあ、四時頃に行ってもいい？」

にわかに声を弾ませている。

「いいよ。それまでには店の片づけも終えて、家に戻ってると思うから」

「ありがとう！」

彼はそう言ったあと、「カツ丼いる？」と訊いてきた。

「今日はいらない。ヒカル君も何も買って来なくていいよ。私の方で用意しておいてあげるから」

夜の営業分のハンバーグが余っているのを思い出しながら旭は言う。あれを温めてやれば藤光も喜ぶだろう。彼は「モトキ」のハンバーグのファンなのだ。お土産に麗たちの分も沢山持たせてやろう。

旭は、傷の痛みで食欲はまるでない。今朝からヨーグルト以外に何も口にしていなかった。

昨夜遅くに家に戻り、とりあえずマキロンで手や膝の傷口を念入りに消毒し、抗生剤の軟膏を塗って、手にはバンドエイド、膝には包帯をぐるぐる巻いてベッドに入った。

眠れないほどの痛みではなかったものの明け方には目を覚ました。

膝の包帯だけを交換したのだが、包帯を剝がすときが激痛で、おまけにまた出血してしまった。朝の光で傷を見ると、膝小僧の下に真横に七、八センチの擦過傷があり、その一部が深くえぐれて、そこから血が滲んでいる。

痛みをこらえながら前回同様丁寧に消毒。再び包帯を巻いて九時過ぎまで二度寝したあと、今日の営業の仕込みを始めたのだった。

痛みがひどくなったのは、店で働き始めてからだ。狭い店内とはいえアルバイトの子と二人でカウンターの中を動き回っているうちに膝が痛くて足を動かせないくらいになってしまった。

この調子では午後八時までの営業はとても不可能と判断して臨時休業を決め、二時にはバイトの子を返し、二時三十分に最後の客が引き揚げると店の扉を閉めて、張り紙の準備をしたのである。

旭は肉体の痛みや苦しみは嫌いではなかった。

痛みや苦しみに耐えていると、罰を受けている感覚に浸ることができる。

ここ十年以上、彼女は病院に行ったことがない。風邪を引いても、インフルエンザに罹ったと思っても、頭が痛くても、お腹が痛くても決して病院には行かない。

だから、現在のような新型コロナウイルスの世界的流行が起きても、旭自身はさほど不安を感じなかった。感染したときは感染したときだし、その場合は店を閉めて、他人にうつさないように用心しながら家で療養すると決めている。ネットで買える検査用のキットは入手済みだが、インフルエンザ同様、病院に行って検査するつもりはない。

重症化して死ぬのならば、それはそれで仕方がないと諦めている。

十二年前、関東第一病院にパトカーで駆けつけ、霊安室で頭に包帯を巻かれたゴローと対面した。すでに母親や妹たちが先着していて、三人とも泣きはらした目で旭を見つめて

きた。名前を告げると、

「あなたが兵庫さんなんですね」

　ゴローの母親はそう言い、

「吾郎がよく兵庫さんの話をしていました」

　と続けた。

　眠っているようにしか見えないゴローの傍らで、

「今朝目覚めてみると彼の姿が見えなくて、それで慌てて外に出たんです。近くのコンビニの前で警察の方に事故のことを聞いて……。恐らく、一人で夜中に起き出してコンビニに何か買い物に行ったのだと思います。でも、私は、ぐっすり眠っていて朝までそのことにまったく気づけませんでした」

「本当に申し訳ありません」と深々と頭を下げながら、旭は、そんなふうに説明した。

　まさか、あんな豪雨の中を、彼に命じてコーンマヨパンを買いに行かせたなどとは口が裂けても言えなかった。

　あの日、ゴローの遺体を見た瞬間、旭はもう二度と自分の身を守るようなことはすまいと心に誓った。

　徹頭徹尾、自分にはその資格がないと思い知ったのである。

　むろんそういう形で自らに罰を与えたところで無意味であることは旭にもよく分かって

いる。

彼女がどんなに苦しんでみても、二度とゴローは生き返ってこないのだから……。

午後四時ちょうどに外で車の音が聞こえ、ほどなく玄関のチャイムが鳴った。

旭が玄関先で出迎えると、藤光はすぐに膝の包帯に目を留める。

「どうしたの、それ？」

と訊いてきた。

「昨日の夜、後ろからきた自転車に当て逃げされて転んじゃったんだよ」

「当て逃げ？」

靴を脱いで部屋に上がりながら藤光が素っ頓狂な声を上げた。

手にはアイスコーヒーのペットボトルが何本か入ったレジ袋を持っている。アイスコーヒー好きの彼がときどき買ってくるお土産だった。

そのレジ袋をダイニングテーブルにどんと置いて洗面所に手を洗いに行く。

マスクを外して戻ってくると、

「ちょっと見せてよ」

リビングルームのソファの方へ顎をしゃくってみせた。あそこに座れと言っているようだった。

旭はソファの中央に座る。藤光がソファの前のローテーブルをテレビ側にちょっとずらし、彼女の正面に胡座を組んだ。

右の腿のあたりをポンポンと叩くので、そっと左足を彼の腿の上にのせる。

「傷を見せて貰うよ」

藤光はそう言うと返事も聞かずにサージカルテープで留めている包帯を巻き取っていく。包帯がなくなり、ガーゼの当て布が姿を現わす。当て布は今朝同様にすっかり乾いてしまっていた。

「ちょっと痛いと思うけど、これ、剥がすよ」

旭はされるままだった。痛みは望むところだ。

藤光がゆっくりと傷口に張り付いたガーゼを剝がしていった。要領がいいのか、やはり自分でやるより他人に任せた方がいいからなのか、今朝ほどの激痛にはならない。

「うわー」

藤光が声を上げる。

「ねえさん、これは病院に行った方がいいよ」

顔を上げて旭を見る。

「病院はいいよ。感染の危険もあるし」

「感染なんて、あんまり気にしてないじゃない」

藤光が痛いところを衝いてくる。

確かに、去年、彼がやって来た頃から旭はすでに彼の前ではマスクを外していた。藤光の方が当初はびくびくしていたくらいなのだ。

「とにかく病院はイヤ」

強い調子で言うと、

「まったく頑固だなあ」

藤光は苦笑し、「まあ、いいや」と呟く。

「ねえさん、ワセリンはある?」

と訊いてきた。

「ワセリン?」

「そう。たっぷり必要なんだけど」

「あるよ。大きめのボトルが。ときどきかかとに塗ったりしてるから」

「ガーゼと包帯は?」

「それもまだ何回分かはある」

「分かった」

藤光が旭の左足を持ち上げ、そっと床に戻してから立ち上がる。

「ねえさん、その傷を洗うから一緒に風呂場に行こう」

よく訳の分からないことを言った。

16

藤光からLINEが入ったのは、日曜日の朝だった。

「昼過ぎにちょっと寄ります。それまで包帯はそのままに」

とだけ書いてある。金曜日の夜、旭の傷の手当てをしたあと三時間ほどかけて車を洗い、彼は何も食べずに帰って行った。売れ残ったハンバーグを大量に持たせると、

「早速冷凍しとくよ。笠間から帰って来たら日向も陽介も大喜びすると思うよ」

と嬉しそうにしていた。

藤光が川奈に出張しているあいだ、麗たちはまた笠間に泊まりがけで出かけるらしい。車は麗がそのために使うようだった。

十九日月曜日が敬老の日なので、世の中は土曜日から三連休だ。「モトキ」の営業も休みだから膝の傷を治すにはもってこいの三連休でもあった。

「明日、開店なんだよ。なんだか麗まで張り切っちゃってね」

金曜日に藤光が言っていた。

奈央子さんが準備していた栗菓子専門のカフェがいよいよオープンするらしかった。

「お店の名前は何になったの？」

と訊くと、

「カフェ・カサマローネ。笠間とマロンを組み合わせただけだけど、なかなかいいよね」

藤光は言い、「麗が考えたらしいよ」と付け加えた。

自分の名付けた店のオープンで、麗たちは勢い込んで出掛けるのだろう。土、日と向こうに泊まって奈央子さんを手伝い、月曜日の夕方に北千住に戻ってくるらしい。

「カサマローネ」という店名一つとっても麗は商売には向かないと旭は思ったが、口にはしなかった。

旭と麗は昔から仲の良い姉妹だった。

四つ違いで生まれた麗は、名前の通り、本当に可愛らしい子供だった。赤ちゃんの頃から目鼻立ちが整っていて、親しい人たちには「おかあさんにそっくりの美人になるね」と決まって言われ、そうでない人たちには「大きくなったらきっとアイドルだね」と必ず言われていた。

そんな妹の存在が旭には誇らしかった。その気持ちは自らの容姿を気にする年頃になっても変わることはなかった。麗は麗で、旭の持っている優れた味覚や、いつの間にか人の心を摑んでしまう人となりに一目も二目も置いているようだった。「おねえちゃんの凄いところは相手の年齢、性別を選ばないところだよね」と鋭く見抜いている面もあった。

旭が営業職に移ると知ったとき、「おねえちゃん、やったじゃない」と一番喜んでくれたのも麗だったのだ。

ただ、一点、そんな仲良しの妹にも決して明かさずにきたのが自分の男性関係だ。

誰に対しても「さっぱり、きっぱり」を旨としてやってきた旭は、男関係でもそういう流儀だろう――と麗は見做(みな)しているようだった。加えて、美人にありがちな思い込みとして、彼女は、容姿に劣る女性たちは自分たちと比較すると男性関係が貧弱になるのは必然だと決めつけているところがあった。

だが、これは、かなり大きな現状認識の誤りなのだ。

確かに「結婚」の二文字を加えた「結婚相手」を選ぶ分には麗たちの方がはるかに有利だった。だが、その二文字を取り除いて単なる「相手」を捜すだけでよければ、若い女が男を摑まえるのは案外たやすいのである。

「蓼(たで)食う虫も好き好き」という言葉が真実であるのを、旭は、身を以て経験してきている。男の好みは、女が想像しているよりも広範で多岐にわたっていて、そこにセックスの嗜好や性技の巧拙が組み合わされるととんでもない数のバリエーションが生まれる。

美人の常として、麗には、その辺の理解が欠けている。なので、彼女は姉のことを性的に淡泊で男っぽい気質だと信じ込んでいるし、まさか自分よりもずっと多くの男の身体を知っているとは想像もしていないと思う。

藤光が旭の家に洗車に来るようになったのは、麗が頼んできたからだった。

一年前、電話で、

「おねえちゃんちの駐車場をヒカル君に使わせて貰えないかな?」

と言ってきたのだ。

麗は二度ほど旭の家に来たことがあって、屋根付きの広い駐車場が使われないままで空いているのを知っていた。駐車場には専用の水栓もある。

麗の話では、つい最近、一家が住む北千住のマンションの近くにあった洗車場が取り壊されて、周辺に車を洗える場所がなくなったのだという。

「そこは、ヒカル君みたいな洗車マニアにとって凄い使い勝手のいい洗車場だったみたいなのよ」

藤光の趣味が洗車だというのは以前から知っていた。彼ら洗車マニアにとっては、単に車を洗えるスペースがあればいいというわけではないのだそうだ。

「一番は、隣の洗い場との間隔なんだって。それが狭いと自由に身体を動かせないし、水も思い切り使えないから満足な洗車ができないらしいのよ。まあ、私には理解不能のこだわりなわけだけどね」

要するに藤光のお眼鏡にかなう洗車場を新たに見つけるとなると千葉や埼玉の外れまで遠出しなくてはならないのだという。

「だったら、おねえちゃんちの駐車場で洗う方が断然いいし、お得だと思うんだよね。そこだったらヒカル君の会社にも近いし、土日、営業回りの前とか後にも立ち寄れるじゃない」

　コロナで週末は旭がたいがい在宅だというのも麗には好都合のようだった。

　藤光の勤める会社は恵比寿にあるので、たしかに大井町は近場ではある。

「ヒカル君がそれでいいなら、私は全然ＯＫだよ」

　旭が言うと、
　麗は大喜びで、

「おねえちゃんありがとう。恩に着るよ」

「さっそく今夜にでもヒカル君に話してみる」

　と言って電話を切ったのだった。

　その週の土曜日、さっそく藤光が訪ねてきた。彼は一発で旭宅の駐車場を気に入り、それからはほぼ毎週、洗車に通うようになったのである。

　藤光が来たのは正午を少し回った頃合いだった。

　突然玄関のチャイムが鳴り、最初は彼だとは思わなかった。インターホンで顔を見て、そういえば今日は車じゃないんだと思い当たったのだ。

　部屋に上がると、さっそく「じゃあ、ガーゼを替えようか」と言う。

　昨日はガーゼも包帯も取り替えずそのままにしていた。一昨日、傷を洗ったあとワセリ

ンをたっぷり塗ったガーゼで傷口を覆って新しい包帯を巻くと、

「本当は明日、ガーゼと包帯を交換した方がいいんだけど、抗生剤の軟膏を塗ってワセリンの量も多めにしておいたから、明後日、僕が来るまでこのままにしておいていいと思う。その代わり、安静にして余り無茶な行動はしないでね。あと、痛みが出たり、患部が熱を持ったりしたときは必ず病院に行くこと」

と藤光は言ったのだった。

それにしても、風呂場に連れて行かれて傷口を直接シャワーで洗浄されたときはびっくりした。

「傷は消毒しないで、ひたすら保湿するのが一番なんだ」

靴下を脱ぎ、ズボンの裾を捲り上げて旭の正面にしゃがみ込むと、藤光は旭の左足を持ち上げ、自分が濡れるのもいとわずに膝の傷を丁寧に洗ってくれた。しかも、彼はボディソープまで使ったのだ。

「こうやってしっかり洗えば、まず化膿することはない。全然痛くないだろう？」

言われてみれば、石鹸の泡をつけられシャワーを当てられてもちっとも痛みは感じなかった。

「消毒液を使うと傷を治してくれる細胞まで殺しちゃうからね。あげくガーゼをそのまま当てるとせっかく滲み出してきた滲出液が全部ガーゼに吸い取られてしまう。本当は、あのじゅくじゅくの滲出液の中にコラーゲンを作ってくれる細胞培養液がたっぷりと含まれているんだ。だから、一番大事なのはとにかくじゅくじゅくを長く保ち続けること。そうしたら、やがて傷口はふさがるし、乾燥してかさぶたができることもないから、傷跡も残りにくくなるんだよ」

洗い終えると、藤光は旭の足を丁寧にタオルで拭き上げてくれて、そのあと傷に抗生剤入りの軟膏を塗布し、大量のワセリンを分厚く塗ったガーゼをその上にあてがい包帯でしっかりと固定したのだった。

彼の行なったのは、湿潤療法（モイスト・ヒーリング）という治療法で、現在の外傷治療においてはこれが標準的なやり方であるらしい。

旭が最初にやったようなマキロンで傷口を消毒し、乾いたガーゼで覆ってできるだけ早くかさぶたを作るという手法はいまや過去の遺物となっているようだった。

今日も風呂場で、藤光が手当てを行なってくれる。

包帯を取り、ガーゼを外す。前回と違ってガーゼは傷に張りついてはおらずあっさりと剝（は）がれる。

傷口にべっとりと付着しているワセリンをボディソープとシャワーで丁寧に洗い流す。

不思議なくらい痛みは感じなかった。

「二日間でだいぶ良くなっているね」

露わになった患部を見て藤光が言った。たしかに傷口は黄色い皮膜のようなもので覆われていて、もう血もほとんど滲んではいなかった。

「化膿もしていないみたいだし、このまま続ければいいよ」

洗い場から出ると、藤光はキッチンペーパーで軽く傷の水気を取り、一昨日と同じように抗生剤の軟膏を塗ったあと、たっぷりのワセリンを盛ったガーゼを当てて新しい包帯で膝下をぐるぐる巻きにした。

「よし、一丁上がり」

そう言って立ち上がる。

旭の方は脱衣場の床に座り込んだままだ。

藤光が手を差し伸べてくる。その手を摑んで旭も立ち上がる。

「ありがとう」

「いいよ、これくらい」

彼は少し照れた様子で手を離した。

ダイニングに戻って、旭の淹れたコーヒーを差し向かいで飲んだ。時刻は十二時半を回ったところだった。

「川奈は何時に出たの?」

「九時半くらい」

「新幹線?」

「熱海からね。熱海までは伊豆急行」

品川で京浜東北線に乗り換え、大井町で降りたのだろう。

「そうなんだ……」

そこで会話は途切れる。いつもは洗車のためにやって来ている藤光が、今日は別の用事でここにいるのが奇妙だった。

「悪かったね。わざわざガーゼを取り替えるためだけに呼びつけちゃって」

一昨日は驚くような治療を受けたこともあり、「明後日、僕が来るまでこのままにしておいて」という藤光の言葉をついすんなりと受け入れてしまった。あのときは、麗が車を使って笠間に行くというのを失念し、洗車も兼ねてまたやって来るとばかり思っていたのだ。

「そんなことないよ。傷も結構ひどいし、モイスト・ヒーリングでよかったのかどうか僕も気がかりだったからね」

「だけど、こんな治療法をどこで習ったの?」

「陽介がサッカーをずっとやっているでしょう。あいつがしょっちゅう切ったりすりむいたりするから、段々詳しくなったんだよ」

「そうなんだ……」

陽介が小学校に入る前からサッカーに打ち込んでいるのは知っていた。

そこでまた会話が途切れる。

「ねえさん、お昼まだだよね」

今度は藤光が話しかけてくる。彼の方もいつになく気詰まりを感じているふうだった。

「何か買って来ようか」

「いいよ。ヒカル君、疲れてるじゃん」

「全然。昨日一ラウンド回っただけだし、今日はさっさと引き揚げてきたから」

「じゃあ、他の人は今日も接待ゴルフだったの？」

「もちろん。今朝、部長に『なんかちょっと喉に違和感があるんですけど』って言ったら、『分かった分かった。お前はもういいから、先に帰れ』だって。コロナも案外役に立つと思ったよ」

「えー。そんなのまずくない？」

「全然。本来の営業担当の一人がどうしても都合がつかなくなって、急遽ピンチヒッターで駆り出されたんだ。一日付き合えばもう充分」

藤光が面白そうに笑う。

今日の彼はふだんより饒舌だった。それも緊張の裏返しなのかもしれない。

「じゃあ、ピザでも取ろうか？」

「いいね」

藤光が頷く。

二人でピザを頬張りながらNetflixで映画を見た。飲み物はピザと一緒に頼んだコーラ。傷のことを考えるとさすがにビールというわけにもいかない。

映画は、ライアン・ゴズリング主演の「グレイマン」だった。

ライアン・ゴズリングはこういうヒーロー物には向かない、というのが旭の率直な感想だ。

「じゃあ、帰るよ」

自分の使った皿やカップをキッチンに持っていくと、藤光が言った。時刻はまだ三時前だった。

「でも、麗たちは今日まで笠間でしょ」

「うん」

そこで旭は一瞬どんな次の言葉を選ぶべきか迷う。結局、

「でも、早く帰った方がいいかもね。ヒカル君もそっちの方がゆっくりできるし」

「明日、また昼頃、ガーゼ交換に来るよ」

すると藤光が意外なことを口にした。

「もう大丈夫だよ。あとは自分でやれるから」

「いや、やっぱり気になるから」

「だけど、ヒカル君、車もないんだし」

「電車で来ればいいよ。会社にだって毎日車通勤してるわけじゃないんだしさ」

「だけど悪いよ、そんなの」

「迷惑？」

「そうじゃないけど」

「だったら来るよ。そのあと会社に寄って片づけたい仕事もあるしね」

「じゃあ、明日まですみません」

旭が頭を下げる。

「カツ丼、いる？」

「うん」

「オッケー」

藤光が右手でグーサインを作った。

17

それから三週間のあいだ、藤光は毎日欠かさず、ガーゼ交換のために通ってきた。

平日は店を終えた旭が帰宅する午後九時過ぎに、土日や祝日は、洗車を兼ねていつものように昼頃にやって来ることもあったが、あとは得意先回りの間隙を縫って午後遅くに顔を見せることが多かった。

洗車の日は別として、他の日はガーゼの交換を済ませると長居することなくさっさと引き揚げていく。

幾らやんわり断ってみても、次の日に必ずやって来る藤光に最初は戸惑っていたが、そうやって毎日足を洗って貰い、ガーゼを交換して貰っているうちにだんだんそれが当たり前のようになっていった。

毎回、真剣すぎるほど真剣な面持ちで手当てをしている藤光を眺めながら、

――この執念は一体何だろう?

ときどき訝しくなり、やがて、

――これって彼の洗車癖の延長にある行為なんだろうか?

と考えるようにもなった。

そんな目で観察してみれば、なるほどその真剣な眼差しは、庭の駐車場で熱心に愛車を磨いているときの藤光のそれと似通っているようにも思えるのだった。

傷の手当ては浴室で行なっていた。

まず洗い場に二人で入って、旭はバスタブのへりに尻を乗せ、藤光の方はお風呂椅子に

腰掛けて双方向かい合う。藤光が左膝のガーゼと包帯を慎重に外して、浴室のライトで子細に傷の状態を確認し、それからボディソープを泡立て、その泡を傷全体にまぶしてやさしくこすりながらシャワーで洗い流す。初めのうちは飛沫が彼の身体にじゃんじゃんかかって、裾を捲っていてもズボンはびしょ濡れだったが、回数を重ねるうちに要領を覚え、ほとんど濡れなくなった。

傷を洗い終わると左足全体をタオルで丁寧に拭き上げ、一緒に洗い場を出る。脱衣場では旭が床にぺたんと座り、彼の方は中腰になって、あらかじめ用意しておいたワセリン付きのガーゼで傷を覆って包帯を巻き、手当ては完了するのだった。十日ほど過ぎたところで、包帯がネット包帯（膝用）に代わったものの、あとの手順は同じだった。

ゴルフの帰りに立ち寄ってくれた日から数えて、三週間ほど過ぎた十月八日土曜日。

その日は洗車も兼ねて、藤光は昼過ぎに来た。

浴室の洗い場で傷を洗うところまではこれまで通りだったが、脱衣場で念入りに傷を見た後、

「今日は、半日このままにしてみようか」

と言ってきたのだった。

「このままって？」

「ガーゼも包帯もやめて完全に乾かしてみよう」

旭が怪訝な様子になると、

「そうすれば傷がどれくらい目立つか分かるからね」

藤光が補足してくる。

「でも、まだまだって感じじゃない、これだと」

旭は座り込んだ状態で左膝を引き寄せ、膝小僧の下を覗く。傷口はとっくに塞がっていたが、傷跡は黒いシールでも貼ったようにくっきりしていた。

「いや、乾かしたらいまよりは目立たなくなると思う」

もう一度、彼は傷の方へと顔を近づける。

「ま、やってみようよ」

顔を上げて、そう言ったのだった。

浴室から出てくると、今日は旭が昼食の準備をした。準備と言っても、昨夜、店から持ってきたご飯をあたためて、それに無印良品の「バターチキンカレー」を掛けるだけ。あとはトマトとレタスのサラダに半熟卵を添えて、和風ドレッシングをたっぷり振った野菜サラダ。藤光のご飯は大盛りにするが、旭の方はほんの少しだった。

カレーを食べながらも、彼はときどきダイニングテーブルの下に頭を入れて、旭の膝を覗く。

「やっぱり乾いてきて、少しずつ傷跡が薄くなっているよ」

嬉しそうにしている。

「早くバンドエイドにできないかな。スカートだとやりにくいよ」

旭は言った。

包帯にしろネット包帯にしろジーンズには不向きなので、この三週間、旭はずっとスカートで店に立っている。家でもほとんどスカートだった。

「そろそろ大丈夫だとは思うけど、でも、傷跡をきれいに消すためにはもう少しワセリンガーゼを続けた方がいいかも。ま、今日の傷の様子にもよるけどね」

食事が終わると、藤光はさっそく洗車に取りかかった。

旭の方は久しぶりに裁縫道具を引っ張り出して、エプロンを縫うことにする。秋用のシャツは三枚ほど作ったが、秋冬兼用にしているエプロンはまだ一枚も縫っていなかった。シャツもエプロンも毎年新調するようにしている。もちろんどちらにも「モトキ」のロゴを大きく縫い込んでいた。

三時頃、作業中の藤光にアイスコーヒーを差し入れに行く。

十月に入ってもまだ残暑が続いていた。昨日は終日雨で肌寒かったのだが、今日は一転して日射しが強く、汗ばむほどの陽気に戻っている。

藤光はアイスコーヒーを一息で飲み干し、空のグラスを旭に戻すと、

「ちょっと真っ直ぐに立ってみて」

と言った。右手にグラスを持ったまま背筋をぴんと伸ばす。

彼が旭の腰のあたりに両手をかけて太陽の方へと膝頭を向けた。

しゃがんで左膝のあたりをじっくりと観察している。

「うーん。これだったらもうワセリンガーゼは必要ないかも」

旭の顔を見上げるようにして藤光が笑みを浮かべる。

「あのさあ……」

旭が言う。

「もしかしてだけど、ヒカル君って脚フェチ？」

「どうかな」

藤光は存外真面目な顔で返してきた。

立ち上がって、まともに旭の顔を見つめてくる。

「脚フェチってわけでもないと思うけど、でも、ねえさんの足はいい感じだよね」

と言った。

「いい感じ？」

「細くて、適度に締まっていて、すらりときれいな脚だと思う」

旭も自分の脚には多少の自信があった。長年、手入れを怠らず、下半身のトレーニングも続けている。

「せっかくきれいな脚なんだし、だから、傷が残るのはもったいないよ」

藤光は至極当然という口調で言う。

18

十日がスポーツの日なのでその週は八日から三連休だった。

九日日曜日、いつまで経っても藤光から〝今日何時頃になるか〟の連絡がなく、不審な気分でいたところ、夕方になって、

――そうだ。もうガーゼ交換をする必要がなかったんだ。

と初めて気づいたのだった。

藤光の言っていた通りで、傷は乾いてしまうとそれほど目立たなくなった。一夜明けると、さらに薄くなっている。こうして一日ごとに改善していくとすれば、早晩、元通りになってくれるのではないだろうか。

「ワセリンガーゼのおかげでかさぶたもできなかったし、表面の凸凹も少ない。このまま放っておけば怪我なんてしなかったみたいになると思うよ。ただ、ジーンズを穿くときは念のため赤みのある部分に絆創膏を貼っておくといい。そこは、まだ組織が再生したばかりだから布地が当たると表皮が傷ついちゃう可能性があるからね」

昨日、そう言い置いて藤光は引き揚げていった。

藤光の足がぱったり遠のいたのはそれ以来だった。

次の週も彼から連絡はなく、週末、洗車にも来なかった。あれだけ熱心にガーゼ交換に来ていたのだから、傷の具合がどうなのかを一度や二度は電話やＬＩＮＥで訊ねてきてもいいようなものだが、何の連絡もない。

そういえば、あの送別会の日を最後に陶子さんも顔を見せなくなっていた。

ひー君と別れて、男のデリバリーサービス自体を卒業したのかもしれない。新型コロナの第七波も徐々に下火となり、世界中がポスト・コロナへと一気に動き出している。日本も例外ではなかった。実際、大井町界隈の飲食店はコロナ前と変わらぬ活況を呈しているし、「モトキ」の売上げも順調に回復していた。

陶子さんはバーベキューなんてわざわざする必要がなくなったのだろう。

もしくは、二階堂さんがちらっと漏らしていた旦那さんの愛人問題で、案外、夫婦間に大きなトラブルが持ち上がっているのかもしれなかった。

十月第四週の土日も藤光からのＬＩＮＥは入らず、彼は二週続けて洗車をすっぽかした。すっぽかしたと言うのも何だが、一年以上、必ず毎週やって来ていたのだからそれは明らかに異例のことだった。

二階堂さんからも怪我をした夜以降、とんと音沙汰がなかった。

二週続けて一人きりの週末を過ごし、旭は、藤光や陶子さんの存在が自分にとって意外なほど大きなものだったと思い知った気がしている。

真由里から電話が来たのは十月最後の週の木曜日だった。

「急で悪いんだけど、今晩そっちに行っていい？」

こういう藪から棒の申し出はいつものことなので、

「別にいいけど」

旭もいつものように返事する。

「お店、八時までだったよね」

「うん」

「じゃあ、その頃にお店に顔出すよ」

「了解」

それだけのやりとりで電話は終わった。

旭が「モトキ」を始めてからでも、これで三度目だし、会社員時代も真由里は二年か三年おきくらいで家出をして旭の部屋に駆け込んできていたのだ。

真由里が凄いのは、一人娘の杏奈ちゃんがまだ乳飲み子だった頃から、杏奈ちゃんを夫のもとへ置いたまま単身で旭宅にやって来るところだった。

「心配じゃないの？」

当初はしきりに旭の方が気を揉んだが、

「全然大丈夫だよ。うちの旦那もそこまで信用できない人じゃないから」

いつも真由里は平気にしていた。

大体三、四日のうちには夫の俊明（としあき）さんが平身低頭の態で迎えに来て、そうすると彼女は大して駄々をこねるわけでもなく、まるで憑（つ）きものが落ちたように家に帰って行くのである。

若い頃は、俊明さんの女性問題が多く、しかもその大半は真由里の邪推だったと思われるのだが、ここ十年くらいは主に俊明さんの金銭がらみのトラブルが原因で、こっちの方は実は結構深刻ではないかと旭は密かに案じているのだった。

ただ、今回の〝駆け込み〟は旭にとっても渡りに船ではあった。今週末もまた誰とも口を利かずに過ごすのかと思うと憂鬱で、それならいっそ旅行にでも出ようかと考えていたところだったのだ。

加えて、すでに一ヵ月以上に亘っている禁酒を解くには、呑兵衛の真由里はもってこいの晩酌相手でもある。

どうせ三、四日泊めてやれば俊明さんが迎えに来るに決まっている。

それまでのあいだ二人で毎晩、大井町界隈のバーや居酒屋を何軒もはしごしてみるのも一興かもしれない。

真由里は午後八時過ぎにやって来た。

すでに看板にしていたので、とりあえず彼女にハンバーグ定食を食べさせ、旭は自分用にチキンを焼いて夕食代わりとし、真由里の荷物を家に運ぶとそのまま二人で大井町の居酒屋へと繰り出したのだった。

居酒屋でビールと焼酎を飲み、激混みのそこはさすがに一時間ほどで退散して、駅から少し離れた場所にあるカウンターだけのバーに河岸（かし）を変えた。そのバーはコロナ前にときどき飲みに来ていた店で、マスターが、ちょっと俳優の高橋克典（かつのり）に似ているのが旭の好みだった。真由里も二度ばかり案内したことがある。

「そういえば、前回もここに来たね」

旭はマッカランの水割り、真由里は白州のオンザロックをダブルで注文する。

「そうだっけね」

焼酎で少し酔いの回っている真由里がとぼけたような口調で返してくる。

前回というのはコロナが流行する一年前、やはり真由里が家出をしてきたときのことだった。

あのときは、たしか俊明さんのカードローンが百万円を超えているのが発覚し、真由里が激怒して家を飛び出したのではなかったか？

「例の話だけど……」

さっきは余りの喧騒で聞くのをやめてしまった話を旭は持ち出す。

「俊明さんが詐欺に引っかかったってどういうこと？」

居酒屋で生ビールで乾杯したあと、「今度は何？」と旭が訊ねると、真由里はそのことだけ言って溜め息をついたのだ。

「それがひどい話でさ……」

真由里がまた溜め息をこぼした。

「うちのバカ旦那が仲良しの馬主さんに持ちかけられて、馬主さんの知り合いのサウジアラビア人が持ち込んできた怪しい投資話に一口乗っちゃったんだよ」

俊明さんはＪＲＡに勤めている。真由里とは職場結婚だった。

「投資話？　どんな？」

「旭、シドルハニーって聞いたことある？」

「シドルハニー？」

首を傾げてみせる。

「シドルハニーっていうのは、中東のイエメンとパキスタンでしか作られていない最高級の蜂蜜のことなんだけど、そのシドルハニーのなかでもさらにトップレベルのシドルハニーっていうのがあって、これはサウジの王族しか口にできない代物らしいのよ。で、王族の一人である馬主さんの知人のサウジアラビア人が、特殊なコネでそのスーパー・シドルハニーを大量に仕入れることができるから、それを日本に持ち込んで大儲けしようじゃないかって持ちかけてきたわけよ」

「だけど、それって何だかんだ言っても、ただの蜂蜜なんでしょう?」

「それはそうなんだけど、そのスーパー・シドルハニーには物凄い抗菌作用と免疫賦活作用があって、新型コロナもあっと言う間にやっつけちゃうらしいの。アラブの王族たちはこの蜂蜜を毎日舐めているから、コロナなんかへっちゃらで、ふだん通りの贅沢な暮らしを続けているっていうのよ」

「へー。だけど、それって本当の話なの?」

「だよねー」

真由里が呆れたような声を出す。

「ところが、馬主さんもうちの旦那も、そんな怪しい話をすっかり信じ込んじゃって、サウジアラビア人に大金を出資しちゃったんだよ」

「大金って、どれくらい?」

「馬主さんは三千万。うちのバカ旦那は五百万」

「俊明さん、五百万も出したの?」

「半年もすれば三倍になって戻ってくると本気で思い込んでたらしいよ。あいつは正真正銘のバカだよ」

「だけど、そんな大金どうやって工面したのよ？」

「もちろん借金だよ。五百万全額」

「どこから？」

「その馬主さん」

「何、それ」

「だから、馬主さんはよかれと思って旦那を誘ったわけよ。相手とグルでもなければ悪意があったわけでもないんだけど、要は、馬主さんは、旦那に輪を掛けるくらいのバカだったってこと」

「で、どうするの？　いくら相手が仲良しの馬主さんでも五百万円を踏み倒すわけにはいかないじゃない」

「当たり前だよ。こんなこと会社にバレたら旦那は速攻でクビだよ」

「それで？　お金はもう戻って来ないの？」

「旦那がその話を私にゲロったのは、要するに小針の叔父さんに頼んで貰いたかったからなんだよ」

「小針の叔父さんって、あの小針先生？」

「そう。旦那も馬主さんも出資から一年近く経って、いまだに肝腎の蜂蜜がサウジから届かないんで怪しいと思い始めたみたいで、そのサウジアラビア人、彼は日本とサウジアラビアのあいだで貿易会社をやっているらしいんだけど、にどうなってるんだって何度か詰め寄ったみたいなの。そしたら、言を左右にして、もうすぐ届くって繰り返すばかりで、契約書を盾に出資金の返還に応じないらしいんだよね。それで二人もさすがに青くなって、弁護士の叔父さんに頼んで、なんとかお金を取り返して貰えないかって言ってきたわけよ」

真由里の母方の叔父である小針善二（ぜんじ）先生は企業法務のベテラン弁護士だった。

旭も母の鈴音の死去後、思わぬ借金問題に見舞われたときに小針先生に大層お世話になった。そして、当時、二階堂地所の相談役だった二階堂さんを紹介してくれたのも、この小針弁護士だったのだ。

「で、なんとかなりそうなの、五百万円？」

「そんなの分かんないけど、私が一番頭にきてるのは、あのバカ旦那が全然悪びれてないってとこなわけ。いまでもまだ蜂蜜が無事にサウジから届いたら、そのときはまた改めて出資する条件でもいいとか叔父さんにも平気で言ってたし」

「先生は？」

「絶対騙されてるって思っているに決まってるよ。本人たちの前では、さすがにはっきりそうだとは言わないけどね。何しろ馬主さんは超有名人だしさ」

「そうなんだ……」

「もういい加減、愛想が尽きるよね、あいつには」

「杏奈ちゃんは知っているの？」

「もちろん、すぐにパリに電話したよ」

杏奈ちゃんはいま大学生で、コロナ禍のなか去年からフランスに留学しているのだった。

「彼女はなんて？」

「もうパパとは別れた方がいいんじゃないって言っているよ。そうしないとそのうちお金のことでママ自身がエラい目に遭わされちゃうかもしれないって。そうなる前に慰謝料名目でいまの家とか預貯金とか確保しておいた方がいいって」

「なるほど」

自分の経験に鑑みても、杏奈ちゃんの意見には一理も二理もあると旭は思う。

「そもそもだよ、いまさらそのスーパー・シドルハニーが大量に輸入できたとしたって高値で売り捌（さば）けるはずがないでしょう。コロナなんてもう終わりかけてんだから」

「まあ、たしかに」

「旦那も、それに馬主さんも本当に頭が空っぽなんだよ。そもそもそんなの詐欺話に決まってるんだし」

それからは真由里のピッチは急速に上がっていった。白州のロックをぐいぐい飲み干していく。

バーに来て一時間もしないうちに彼女はすっかり出来上がってしまったのだった。

「そういえばさあ……」

とろんとした目になって、真由里が言った。

「ちょうど一年くらい前に旦那がヘンな蜂蜜を持ってきたんだよね」

「ヘンな蜂蜜？」

「そう。トルコの山岳地帯で取れるやつで、そこにカルダモンとかナッツとかゴマとかいろいろ混ぜてて、それを舐めたら精力絶倫になるし、身体に塗ったら感度が抜群になるっていうんだよ。思えばあの頃にはサウジアラビア人の口車に完全に乗せられていたんだろうね」

「で、そのトルコの蜂蜜をどうしたの？」

そこで、真由里は旭の方へ頬杖をついて妖しい笑みを浮かべる。

「それがさ、使ってみたら凄かったんだよね」

「凄いって？」

「だから旦那も昔みたいにギンギンになるし、私もすごくってさ。実はその蜂蜜、ずっと使ってやってるんだよね、私たち」

「何それ」

「まあ、それにしたって五百万は高すぎるわけだけども……」

真由里は今度は妙な訳知り顔を作る。

「あんたも使ってみる？」

「はあ」

旭が唖然とした表情を見せると、

「旭、この前電話で、最近生理が来ないって言ってたじゃない。あれ、どうなった？」

話の脈絡が飛ぶのは酔っ払っている証拠だろう。

「今月はあったの？」

さらに突っ込んでくる。

「まだだよ」

「じゃあ、もう三ヵ月来てないんじゃない」

今月も来なかったのは旭にとっても意外だった。三ヵ月どころか二ヵ月生理が止まったことさえ、これまで一度もなかったのだ。

「やっぱり使ってないから錆び付いちゃったんだよ。気をつけないとこのまま女を終わらせることになっちゃうよ」

先月の電話のときと同じことを真由里が言う。

「そんなことは、とりあえずいまはどうでもいいから。問題はあんたの今後の方でしょ」

旭は他に言いようがなくてそう返した。

「ちょっと待った」

真由里は頬杖をやめて、にわかに姿勢を立て直す。

「あのね、旭。どうでもいいけど、どうでもよくないんだよ、こういう話は」

真顔でこっちを見つめてくる。

「女は死ぬまで女なんだからね」

彼女はぴしゃりとそう言ったのだった。

19

これを使って、さっさと女を取り戻しなさい。相手がいなかったら一人エッチで使ってもいいから。効果てきめんだよ。

真由里

真由里からトルコの蜂蜜が送られてきたのは、彼女が俊明さんと一緒に帰って二日後、十一月一日火曜日だった。店宛てに宅配便の小箱が届き、開けてみるとぎっしり詰まった緩衝材の中に小さなガラス瓶と、このメッセージカードが埋もれていたのだ。

小瓶にはラベルがなかった。恐らく自分たちの蜂蜜を分けてくれたのだろう。一見すると変哲もないふつうの蜂蜜にしか見えないが、分量の少なさと厳重な包装の仕方がいかにも貴重品の趣ではあった。

その週の土曜日、ほぼ一ヵ月ぶりに藤光からＬＩＮＥが来た。

「カツ丼いりますか？」

例によってそれだけ。一ヵ月も無沙汰にしていた理由も、膝の具合についても一切の言及がない。

「今日はいりません」

旭も一言返してＬＩＮＥを閉じたのだった。

正午過ぎに車の音がして、玄関ドアを開けると、

「お久しぶり」

藤光が小さな会釈をくれながら入ってきた。

「今日はカツ丼はやめて、アトレでカツサンドを買ってきたよ。一応、ねえさんの分もあるんだけど一緒に食べない？」

部屋に上がりながら右手のレジ袋を旭の目の前にかざしてくる。

「カツ丼がなかったの？」

「いや、そういうわけじゃないけど」

「じゃあ、西友には行かなかったわけ?」

「うん」

「なんで?」

「さあ、何となくなんだけどね」

そんな要領を得ないやりとりにも妙な懐かしさが漂う。

西友とアトレ大井町は建物は別だが、ペデストリアンデッキで繫がっていて、どちらも西友が入居しているきゅりあん(品川区立総合区民会館)の地下駐車場を利用することになっている。

ダイニングテーブルにカツサンドのパックを二つ並べて、藤光はいつもの椅子に腰を下ろす。

「こっちが普通のやつで、こっちはエビカツ」

パックの透明の蓋を取りながら言うが、見た目は同じだった。

「何を飲む?」

訊ねると、

「サンドイッチだから紅茶がいいかな」

紅茶のご所望とはめずらしい。藤光はコーヒー党だった。旭の方は紅茶も好きでよく飲んでいる。

ティーポットに茶葉を入れて湯で満たす。二分ほど待って、それぞれのカップに紅茶を注いだ。

「砂糖とミルクは？」

「ミルクはいらない。蜂蜜があれば砂糖より蜂蜜の方がいいけど」

藤光が言った。

「蜂蜜？」

旭は口の中で呟く。

蜂蜜は店にしか置いていなかったが、そういえば、あれがキッチンの棚にあるのを思い出していた。

火曜日に店から持ち帰ったもののまだ一口もつけていない。

「蜂蜜だったら最高のやつがあるよ」

旭はそう言って、キッチンカウンターの棚から小さな瓶を取り出す。

藤光の紅茶にスプーン一杯分を垂らし、自分の紅茶には使ったスプーンを入れてゆすぐようにかき混ぜる。

ほのかな蜂蜜の香りが両方のカップから立ちのぼってきた。

カップを渡すと、藤光はさっそく一口飲んで、

「うまい」

と言った。

旭も一口飲んでみる。喉の奥から鼻にかけて独特の香りが抜けていく。カルダモンの香りだろうか？

——たしかに、この蜂蜜、ちょっと特別感があるな……。

持ち前の鋭い味覚が反応している。

ダイニングテーブルを挟んで向かい合い、カツサンドとエビカツサンドを分け合って食べた。と言っても旭は三分の一で、残りの三分の二は藤光が平らげたのだった。

食事が終わると、藤光はベランダに出て空を見上げていた。五分ほどで戻ってきて、

「ねえさん、膝を見せてよ」

そのとき初めて、膝の傷のことに触れてきたのだった。食事中は、一ヵ月近くに及んだバンコク出張のことしか話題に上らなかったのだ。

藤光は、あのあとすぐにタイのバンコクへの出張を命じられたのだという。

「大手の和食チェーンのハイブランド部門がうちの長年のお得意さんなんだけど、そこがバンコクに出店する香港資本のホテルの厨房を一手に任されることになったんだ。その話はずいぶん前から聞いていたんだけど、コロナが一気に終息してきて、タイ政府も観光事業の復活に本腰を入れ始めたから、ホテルの開業も大幅に前倒しすることになって、で、うちの設備を急いで現地に運ばなくてはいけなくなったわけ」

目下、バンコクはホテルの建設ラッシュらしく、欧米や香港、シンガポール資本の大型ホテルがわんさか建てられているらしい。

「それで、僕が前乗りして、船便で届く設備の受け入れから設置まで全部仕切ることになったんだけど、やっぱりコロナの影響もあって港での荷受けから搬出、現地での工事と何から何までスムーズにいかなくて、結局、帰国できたのは今週の水曜日になっちゃったんだよね」

藤光は三日前にタイから戻ったばかりだったのだ。

そういえば、顔や首回りが少し焼けているような気もする。バンコクだったら十月といえども日本の真夏と変わらぬ天候に違いない。

「だけど、それならそうとＬＩＮＥくらいちょうだいよ。一ヵ月も音沙汰なしだと心配するじゃない」

旭が言うと、

「そういえばそうだよね」

彼は素直に頷く。

「すみません」

と謝ってきたのである。

ジーンズだった旭は、寝室でスカートに穿き代えてダイニングに戻る。自分で見る分にはもうほとんど傷跡は残っていなかった。

「ちょっとそこに座って」

言われてソファに腰掛けた。藤光がローテーブルをテレビ側に避けて、旭の正面に正座する。それもなんだか懐かしい光景のように思われる。

藤光は顔を近づけ、左膝のあたりを子細に観察している。

不意に彼の両手が旭の脚に触れた。左手でふくらはぎを持って、右手で傷のあたりをゆっくりと撫でている。

「もう全然分からないね。皮膚の凹凸も完全になくなってる」

藤光は目を閉じて皮膚の手触りを味わうようにしながら言う。

こうして上から見下ろすと、頬のあたりがずいぶん鋭くなっていた。先ほど話していた通り、一ヵ月のバンコク滞在では相応の苦労があったのだろう。

藤光の手のひらが傷のあった場所を行ったり来たりするたびに、旭の背中から首筋にかけて肌が粟立つようなゾクゾクする感覚が走る。

「やっぱりすごくきれいな脚だね」

彼の両手は次第に触る範囲を広げ、いまは膝から下を丁寧にマッサージしてくれていた。

「ねえ」

不意に顔を上げて、

「舐めてもいいかな」

と言った。

「いいよ」

そう返した途端、藤光が旭の左脚を自分の肩の辺りまで右手で持ち上げた。そして、左手でカーテンでも引くようにスカートの裾を思い切り捲った。旭の左脚が太ももまで剝き出しになる。藤光の長く分厚い舌が傷のあった場所へとゆっくりと接近していくのが見える。

舌先が触れた瞬間、熱い感覚が一気に背筋を駆け上って脳髄を直撃した。

旭は、ソファの背に思わず大きくのけぞってしまう。

20

あの土曜日以降、二人でNetflixを視聴することはなくなった。

藤光はやって来るとすぐに旭を抱えて寝室に入り、一週間分の欲望を吐き出す。そのあと一緒に昼ごはんを食べ、これまでと同じように丁寧に車を磨く。洗車が終わって、時間に余裕があるときはもう一度部屋に上がり、再び旭と交わってから帰って行くのだった。

さながら「Netflix」が「Sex」に置き換わったようなものだった。

だがその没頭ぶりは比較にならない。

毎回、二人は互いの身体を貪り合うように激しく交わる。

旭の脚への藤光の執着は凄かった。

行為が始まると長い時間をかけて彼女の両脚を足裏からつま先、くるぶし、ふくらはぎ、膝、太ももと丹念に丹念に舐め回す。

最初はそのしつこさに辟易するほどだったが、そのうち脚を舐められることが深い快感へと繋がっていくようになった。

脚フェティシズムの男とのセックスは、初めての経験だった。

旭は「モトキ」を開く前の年から誰とも寝ていなかった。

ゴローを失ったあと会社を辞めるまでは、いろんな男と手当たり次第に交わっていた。

それが、母の鈴音が亡くなって思いもかけない遺産問題が持ち上がり、トラブル処理に忙殺されているあいだにセックスのことなどすっかり頭から飛んでしまったのだ。

ちょうどその時期に小針弁護士の紹介で二階堂さんと出会ったのも、彼女がやけっぱちな〝男漁り〟を卒業する一つのきっかけになってくれたような気もする。

だが、八年ぶりに男の身体を味わってみると、干からびていた河に一気に水が溢れたかのようだった。身体中の細胞の一粒一粒が生き生きとよみがえってくるのが痛烈に実感できる。

藤光と寝て三日後、三ヵ月ぶりに生理が戻ってきた。

真由里が言っていたことはどうやら正しかったようだ。

トルコの蜂蜜はたった二回で使い切ってしまった。旭の脚や性器、藤光の性器にたっぷりと塗って互いに舐め合った。効果は非常に大きかったと思う。

十一月十九日土曜日。

藤光が泊まりがけでやってきた。

麗たちは昨夕、また三人で笠間に出掛けたらしい。奈央子さんの始めた「カフェ・カサマローネ」は順調に客数を増やし、秋の栗シーズンとあって土日は大忙しらしかった。

「ねえさんの予想は外れたね」

藤光が言うので、

「それならいいけど」

とだけ返した。店を長く続けていくのがどれほど難しいか、そのうち奈央子さんは思い知ることになる。

藤光は土日をかけて本格的に車を磨くつもりのようだ。

「来月はまたバンコクに行かなきゃいけないんだ。それもあって、歳納めの洗車を一ヵ月繰り上げてやっておくことにしたんだよ」

そのため、今日は車に手持ちの洗車道具を全部積んで来たのだという。

「作業が一日で終わりそうになかったら、ねえさんちに泊めて貰ってもいいかなって麗に訊いたら、そのときはそうすればいいんじゃないって言ってたよ」

この藤光の言葉を聞いたとき、振り返ってみれば何かひっかかるものを感じたような気がする。だが、旭がその微かな警戒心を深く突き詰めることはなかった。

彼女もまた藤光との情事に身も心も奪われていたのだろう。

セックスが終わって全裸で抱き合っていると、藤光が意外なことを言ってきた。

「ねえ、一緒に車磨きしてみない？」

「どうして？」

旭は訊く。

「どうしてってわけじゃないけど、前から一度そうしたかったんだ」

「いつから？」

「だいぶ前からだよ。僕たちがこんなふうになる前」

「そうなんだ」

「うん」

「いいよ。一度くらいは」

今日は、藤光からすれば絶好の洗車日和だろう。十一月に入って朝晩の気温はぐんと下がったが、日中は日射しがあるから、冷たい水を使う作業でもそれほど寒さは感じずに済むに違いない。

「よし、じゃあやろう」

そう言って藤光は勢いよくベッドから起き上がる。

トランクからはたくさんの洗車道具が出てきた。旭が見たことのない機材もあったし、何より大きなポータブル電源までガレージの隅に据え付けられたのには驚いた。

「なんだかプロの整備士みたいだね」

と言うと、

「そんな立派なものじゃないよ。ただのマニアだから」

藤光が照れたような笑みを浮かべる。

足回りから洗車が始まる。シャンプーで手際よくホイールやタイヤを洗っていく。何種類ものブラシを駆使し、シャワーのノズルも長短を使い分ける。

旭は、長いホースで水栓と繋いだノズルで洗い終えた部分に水を掛ける役目だった。真っ白な泡が水で流されるとピカピカになったホイールやタイヤが姿を現わす。

それはちょっとした快感だった。

手順に従ってボディや窓ガラスもシャンプーしていく。藤光の動きにはまったく無駄がなく軽快で、それはもう見事なものだった。

短パンに半袖シャツだというのに額や首回りからみるみる汗が噴き出している。細身ではあるが、腿や腕の筋肉が汗で光りながら躍動する。

身体を合わせてみて、外見では分からない藤光の肉体の張りや硬さ、柔軟さを知ったのだが、そうした逞しさの源泉は案外、この洗車作業にあるのかもしれないと感じた。

一時間ほどでシャンプーが終わると、水色の粘土を道具箱から取り出す。

一つを旭に渡して、「硬いから、よく揉んで柔らかくして」と言った。

「何、これ?」

「鉄粉除去用の粘土」

「テップン? 何、それ?」

「鉄粉は鉄粉だよ。鉄の粉。ボディには目には見えないけど、大量の鉄粉が付着しているんだ。それをいまからこの粘土にくっつけて取り除くわけ」

「なんで鉄粉なんてつくの? それって何の鉄粉」

「何のって、そこら中に漂っている鉄粉だよ」

「どうしてそこら中に鉄粉なんかが漂っているのよ」

「どうしてもこうしても、いろんなところで鉄を使っているんだから、それが擦れたり剝がれたりして空気中を舞っているんだよ。たとえば電車がレールの上を走るたびにレールが削られて鉄粉が飛び散ってるし、車のブレーキダストも鉄粉だからね。そんな有象無象の鉄粉が車にびっしりとこびりついているわけ」

「じゃあ、私たちも毎日空気と一緒に鉄粉を吸い込んでいるってこと？」

「そりゃそうでしょう」

藤光が呆れたような声を出す。

「ただ、人間はそうやって吸い込んだモノを吐き出すことができるけど、車は自分じゃ除去できないんだよ。だからこうやって僕たちが取ってあげなきゃいけないってわけ」

「ふーん」

旭は手の中の硬い粘土を一生懸命揉みながら、

「なんだかヒカル君の言い方だと、車が生き物みたいに聞こえる」

と言う。

「僕はそう思っているよ」

藤光は真顔だった。

「こいつは世界一可愛い生き物なんだ」

鉄粉除去に一時間以上かかり、次はスケール除去。スケールというのは雨や水道水に含まれるミネラル分のことで、それらも鉄粉同様に乾燥すると結晶化して車に付着するのだそうだ。このスケール除去に一時間近くがかかり、それが終わると藤光はリョービ製のシングルポリッシャーという電動研磨機を持ち出してきた。

そこにウールバフというウール製のスポンジのようなものを装着し、コンパウンド（研磨剤）を少量ずつ垂らしながらボディの研磨を始める。

これは要するに鉄粉や小さな砂などがつけた細かなキズを削り取る作業なのだが、轟音とともに回転するポリッシャーを車体に押し当て、回転数を微妙に調節しながら丁寧にキズを均していく。

藤光の額から玉のような汗がこぼれ落ちる。

「この初期研磨は慎重にやらないとダメなんだ。シングルだとすぐにオーロラが出ちゃうんだけど、でも僕はシングル派なんだよね。最後の仕上がりが違うんだ」

マニアならではの意味不明な言葉をぶつぶつ言いながら一心に磨いている。

オーロラというのは磨きムラのことらしい。

藤光は、ポータブル電源につないだ特殊なライトでオーロラの具合をいちいち確認しながらシングルポリッシャーでボンネットやルーフに研磨をかけていった。

脚立も使って行なう、この「初期研磨」に実に三時間以上が費やされた。

時刻は午後五時に迫り、あたりはすっかり暗くなってきている。

「よし、今日はこの辺で切り上げよう」

と言う。

彼の説明では、ポリッシャーをルペスという外国メーカーのダブルアクションのものに切り替え、二種類のバフを使ってさらに「中間研磨」、「最終研磨」というのをやらなくてはならないらしい。そして、それが全部終わったあとで、ようやくワックスがけという最後の作業に入れるのだという。

「じゃあ、いつもは一体どうしてたわけ？」

これまででもすでに五時間近い時間が掛かっているのだ。ワックスがけまで入れれば、さらに倍以上の作業時間が必要なのではないか？

「去年まで使っていた家の近所の洗車場は朝六時からやってたからね。朝一で行って日が暮れるまで作業していたよ。そうすればなんとかワックスまでたどり着けるんだ」

「へー」

旭はひたすら感心してみせるしかなかった。

夜は以前案内した「天功」に連れて行った。道具類をしまったあと二人でシャワーを浴びてきたので、汗みずくだった藤光もすっきりとした顔をしている。

紹興酒の熱燗で乾杯し、たくさんの料理を注文した。

藤光は例によって口数は少ないが、それでも寛いだ様子でよく飲み、よく食べる。

〝自分の男〟が食べている姿を見るのはとても楽しい。これは女にしか分からない喜びだろうと旭は思う。

そんな気持ちになるのはほんとうに久しぶりだった。

21

十一月二十六日土曜日。

藤光は昼前にやって来た。部屋に上がるといつものようにすぐに二人で寝室に籠もり、セックスに熱中する。今日の藤光は一度果ててもまた挑んでくる。

「時間、いいの?」

旭が訊ねると、

「先週、あれだけ念入りに磨いたからね。今日はシャンプーだけ簡単にやればいいんだ」

と言う。

二人ともへとへとになってベッドを降りたのは午後一時過ぎだった。

さすがにシャワーでは寒い季節とあって風呂を沸かし、一緒に湯船に浸かった。

旭の身体はさきほどまでの興奮で、まだ敏感だ。藤光の手が伸びてくると、触られただけで喘(あえ)ぎや溜め息が自然に出てきてしまう。藤光が面白がって、いろんなところを触ってくるので旭は簡単に身体を洗って早めに風呂を出た。

部屋をエアコンであたためながらバスローブ姿でドライヤーをかけていると、玄関のチャイムが鳴った。リビングのソファから立ち上がり、ダイニングの入口にあるインターホンを押す。

コロナになってからは宅配便の荷物は玄関先に置いて貰うことにしている。

「はい」

旧式のインターホンなのでディスプレーはなかった。

「おねえちゃん、麗です」

旭は一瞬、心臓が止まるかと思った。

「どうしたの？」

「ヒカル君いるよね」

問いには答えず、麗は言った。

「今日は来てないよ」と思わず口走りそうになる。駐車場に車があるのだからそんな嘘が通るはずもなかった。

「うん」

「おねえちゃん、ドアを開けて下さい」

旭はさまざまに去来する想念を一旦振り払って、バスローブのまま玄関へと向かった。

——こうなったらなるようにしかならないよ……。

ドアを開けると麗は旭の姿に一瞥をくれただけで、さっさとショートブーツを脱いで部屋に上がり込む。

「ヒカル君、いまお風呂だよ」

すれ違いざまに声を掛けたが彼女は見向きもせず、玄関を入ってすぐの寝室のドアを開けると中に入った。

二度ほどこの家を訪ねて来たことがあったので間取りは頭に入っているのだろう。

旭は追いかけて寝室に入ることは諦め、リビングに戻る。ソファの上に用意しておいた服に急いで着替えた。髪はまだ半乾きだったのでとりあえずタオルを巻く。

五分ほどで麗は寝室から出てくる。

ダイニングテーブルの椅子に座ってこちらを見ている旭に一瞬だけ目をやったあと、彼女は寝室の向かいのドアを開けた。そこが浴室なのだ。

ドアを閉める音がして、それからしばらく家の中は静かになった。

一目散に寝室に駆け込んだ点からして、彼女が何をしにきたのかは明々白々だった。

そして、男と女の汗と体液の匂いが充満した部屋で、ベッドの上の乱れた寝具を一目見れば、夫と実の姉がそこで一体何をしていたのかは分かりすぎるくらいに分かる。

寝込みを襲われ、自分たちは不倫現場をしっかりと押さえられてしまったのだ。

旭は一つ溜め息をついて、これからのことを考える。

だが、はっきりとしたことは何も考えられなかった。

耳をすますと浴室の方から人の話し声が聞こえる。会話の内容は聞き取れないが、言い争っていたり、麗が金切り声を上げている気配はなかった。

十分ほどしたところで麗だけが出てきた。

旭の方へ向かって真っ直ぐに歩いてくる。頰でも張られるのかと身構えたが、彼女は前を素通りして室内を見回し、何かを物色しているようだった。すぐにソファのそばのローテーブルに置かれたドライヤーを見つけ、それをわしづかみにするとまた浴室のドアの向こうへと消えてしまう。

ドアが閉まった途端にドライヤーの音が聞こえてきた。

さらに五分。ドライヤーの音が消え、ようやく二人が出てくる。

藤光は着替えを済ませ、髪もきれいに乾いているようだった。

麗一人が再び近づいてくる。

「明日、同じ時間に来ます。詳しい話はそのときに」

表情のない顔で旭を見つめる。

「絶対に逃げないでね」

強い口調で釘を刺すと、彼女は「ヒカル君、行くよ」と藤光を促し、一緒に部屋を出て行った。

旭はまた溜め息を一つついて壁の掛け時計に目をやる。

時刻は午後一時四十五分。

身体がすっかり冷えて、このままだと風邪でも引きそうだった。

22

熱い紅茶を出したのだが、むろん麗は一口もつけようとはしない。

旭だけがティーカップを持ち上げ、一口すする。気詰まりな沈黙が続く。

十分ほどが過ぎ、掛け時計の針がちょうど二時になった途端、

「どうしてこんなことをしたの？」

不意に麗が口火を切った。

そんな抽象的な質問をされても、と旭は思う。

あれから今日のことをいろいろと想像しようとしたがうまくいかなかった。出たとこ勝負しかない、と思って、もう余り考えないようにしたのだった。

おかげで昨夜はビール一本でぐっすりと眠ることができた。

「ちゃんと答えてよ。どうしてこんなひどいことをしたのか？」

「別に理由なんてないよ」

と言う。

「何となくそういうことになっただけだから」

「理由もなく、妹の家庭をぶち壊したってわけ？」

麗が呆れたような声を出す。

彼女は学校の勉強はあまりできなかったが、頭の回転は速い。幾ら罵り合っても無意味なだけの状況ではあるが、どちらかというとそういうやりとりは得意な部類のはずだ。

大切なのは、彼女が今日、一体どういう要求、結論を持ってやって来たかだった。

そのことは昨夜、旭も少しだけ思案を巡らせておいた。

「もう二度とヒカル君には会わないよ。もともと好きでも何でもなかったし、彼も同じだから。ただお互いセックスがしたかったんだよ」

これだけは用意しておいたセリフだ。嘘偽りのない正直な気持ちでもある。

「何、それ？　本気で言ってる？」

「本気も何も、そうとしか言いようがないでしょう。もうヒカル君とは二度とセックスもしないし、顔を見ることもない。もとから麗ちゃんの家庭を壊そうなんて思ってもいなかったんだから」

「そんな物言いで、自分のやったことが許されると思ってるの？　おねえちゃん正気？」

もちろん麗が納得するはずもないが、しかし、実際いまの旭には他に何かできるとも思えなかった。

「だったらどうすればいいの？　彼と何度か寝たことは取り消せないし、二度と関係を持たないと約束するほかに私にできることってないんじゃないの?」

と言う。

「よくそんな開き直り方ができるね。私たちの夫婦関係をめちゃくちゃにしたくせに」

「麗ちゃんたちの夫婦関係をめちゃくちゃにしたのは、私じゃなくてヒカル君の方だよ。私がめちゃくちゃにしたのは私と麗ちゃんの関係だもん」

これも本音だった。

「何、それ」

「何、それとかじゃなくて、今回のことで私と麗ちゃんの信頼関係が決定的に壊れたのは事実だろうし、それを私が壊したのは認めるよ。心から申し訳なかったと思う。謝っても済むような事じゃないとしてもね。ただ、こうなった以上、私たちの信頼関係が壊れたのは仕方がないし、それを私は受け入れる。だから麗ちゃんも受け入れればいいと思う。今日から私と麗ちゃんは姉でもないし妹でもない。この場を最後に死ぬまで二度と顔を合わせることもない。もうそれしかないんじゃないかな」

「よくそんな物言いができるね。私に対してごめんなさいの一言もないわけ?」

「さっき、申し訳なかったって言ったよ。それに、これだけのことをしたんだから、幾らごめんなさいって言っても仕方がないでしょう。それで麗ちゃんの気が済むはずもないだろうし。私に言えるのは、ヒカル君との関係は最初からなかったようなもので、別に私は彼を好きでも愛しているわけでもないし、必要としているわけでもないということ。それだけは理解して貰って、あとは麗ちゃんとヒカル君とのあいだで今後をどうするか決めるしかないんじゃないの？　このまま夫婦を続けるのか、それとも別居したり離婚したりするのか？　私は結婚したことないから、夫婦のことは全然分からないんだけどね」

「おねえちゃん……」

「他に麗ちゃんが私にして欲しいことって何かあるかな？　ヒカル君と二度と会わないという誓約書が貰いたいとか、金銭的な損害賠償を求めたいとか……。そういうのがあるんだったら言ってちょうだい。できることはするつもりだから」

「おねえちゃん、自分が何を言っているのか分かってる？　それとも昨日、あんなことがあって頭がおかしくなってるの？　おねえちゃんは人の家庭を壊したのよ。それがどういう意味だか分かる？　おねえちゃんのやったことは私の人生を台無しにしたんだよ。私にはヒカル君しかいないの。会社で彼と出会って、結婚して、日向と陽介を産んで四人の家庭を築いた。私にはそれが人生の全部だし、それしかないし、それがどれだけ大変なことだったかおねえちゃんに分かる？　全然分からないんでしょう。だから、おねえちゃんは私の人生を土足で踏みにじって、生涯消えない汚点を私になすりつけた。私という人間をこれ以上ないってほど侮辱し、汚したんだよ。この、実の妹の私を」

なぜだか旭にはよく理解できなかったが、目の前の麗は本気で怒るか、悲しむかしているように見える。

彼女は話しながら瞳に涙を溜めていた。

「麗ちゃん、別にそんなに大袈裟に受け止めるようなことじゃないよ、今回のことは」

冷めた紅茶を一口飲んでから旭は言った。

「姉妹って言ってもお互い、もうこんな歳になってしまえば、あってないようなものじゃない。そもそも滅多に会うこともないし、電話やメールのやりとりだってほとんどないんだから。私は私の人生から麗ちゃんが消えても、別にそんなに大きな変化があるとは思わないし、ヒカル君や日向や陽介がいる麗ちゃんの場合は尚更そうでしょう。今回の私とのことは、つづめて言えば、ヒカル君が風俗に何度か足を運んだようなものなのよ。そして、私という風俗嬢と寝た。麗ちゃんはそう考えればいいよ。それが実際、一番現実に近いんだと思うし。あとは、そうやって内緒で風俗通いをしていたヒカル君を妻として許せるかどうかだし、麗ちゃんはそこのところをしっかり見極めればいいだけだよ」

「おねえちゃん、そんなこと本気で言ってるの？」

麗がますます唖然とした表情を見せる。

「麗ちゃん、さっきから『本気なの？』とか『正気じゃない』とか何度も言っているけど、私は正気だし、本気で話しているつもりだよ」

旭は少し間を置いてから言った。

「初めてヒカル君と寝たときから、もしも、このことが麗ちゃんにバレたら姉妹の縁を切るしかないと覚悟していたよ。私だって、それくらいの常識は持ち合わせているから。でね、私はそれでも構わないと思ったんだよ。ただ、誤解しないで欲しいのは、麗ちゃんとの縁を絶ってでも、どうしてもヒカル君と寝たいと思ったんじゃないってこと。私にすれば相手は誰でも良くて、今回、たまたまそれがヒカル君だったんだけど、結局、弾みでそうなってしまって、そうなったあと、こんなことになったらもう麗ちゃんとの関係はおしまいだなって覚悟したわけ。

私は前々から麗ちゃんとはいつ縁が切れてもいいと思って生きてきたんだよ。だってそうでしょう。同じ家で同じ両親から生まれた姉妹とは言っても、麗ちゃんと私はまったく違うタイプの人間だったからね。麗ちゃんは生まれたときから美人で、みんなにちやほやされてずっと生きてきた。私は人並み以下の顔立ちで、それをカバーするために好きなモノもろくに食べずにいまの体型を維持してきた。麗ちゃんと違ってちょっと多めに食べるとすぐに太ってしまう体質だったからね。

私はそうやっていじましい努力を続けつつ、麗ちゃんみたいな人たちをずっと遠目に見ながら生きてきたよ。人生ってどうしてこんなに不平等なんだろうっていつも思ってた。ただ、だからと言って麗ちゃんのことが嫌いだったわけじゃない。どちらかと言えば好きだった。でも、この歳になって振り返れば、ものすごく好きだったわけでもなかったと思う。

たとえば、テレビドラマを観ても、麗ちゃんはヒロインのきれいな女の子と自分を重ねていたでしょう。でも、私はその主人公の取り巻きのひょうきんで太めの女の子とか野暮ったいスタイルの根暗な女の子とかと自分を重ねることしかできなかった。テレビコマーシャルを覗けば、麗ちゃんが真ん中で笑っているアイドルと自分を重ねている同じ瞬間に、私は両隣にいる女芸人たちと自分を重ね合わせて、でも、この太っている子たちよりはまだ自分の方がマシかも、なんて思ってたんだよ」

旭は淡々と話していく。

「今日でもう最後だと思うから、正直に言うね、麗ちゃん」

彼女は目の前の妹をしっかりと見据える。

「不細工な姉に自分の夫を奪われた美人の妹、それがいまの麗ちゃんだと思うけど、麗ちゃんだってその歳になって、それくらいの気苦労はしても罰は当たらないと私は思う。別にその姉は、妹の家庭を壊そうなんてこれっぽっちも考えていないんだしね」

だが、麗は旭の視線をしっかりと強い眼力で跳ね返してきた。

「おねえちゃんはさっきから私のことを美人、美人って言うけど、世の中を見回したら私の容姿なんて取るに足らないレベルなんだよ。上には上、上の上にはそのまた上がいっぱいいいる。結局、私にとってのこの顔は大した価値があったわけじゃない。こうやって平凡に結婚して、子供を産んで、なんとか人並みに生きるくらいが関の山だったの。顔なんてよほどの美貌じゃない限り、所詮、顔は顔ってこと。使用価値なんてあっと言う間になくなってしまうあぶくみたいなものなんだよ。だからおねえちゃんの言ってることは、自分の犯した大それた罪を免れるための単なる言い訳に過ぎないよ」

この妹の言葉に今度は旭の方が少し呆れてしまう。

「その所詮、あぶくみたいなものを持っていない人間の苦労が麗ちゃんに分かる？ 結局、平凡な家庭しか作れなかった？ よく言うよ。小さな頃から周囲の誰からもちやほや扱われて、麗ちゃん、短大のミスコンで準ミス獲ったときに自分が何て言ったか憶えてる？『四大だったらもっと本気でミスコン対策やったけど、短大じゃグランプリ獲っても女子アナになれるわけじゃないしね。何にもしないで準ミスなら充分に合格点だよ。それに、ハワイ旅行より賞金の方が私はずっと欲しかったし』だって。そのセリフを聞いたとき、ああ、これって私のような女には一生口にできないセリフだってつくづく思ったよ」

そうやってさらに一時間ほどやりとりしたが、麗とは最後まで平行線だった。

話が尽きると、彼女は、

「おねえちゃんがこんな最低な人間だとは思いもしなかった」

と言って椅子から立ち上がった。

「最低かどうかは分からないけど、私は昔からこんな人だったよ」

旭はそう返し、口をつけていない麗のカップと空になった自分のカップの両方を持ってキッチンに行く。そうやって背中を向け、カップを洗っているあいだに彼女はいつの間にか姿を消していたのである。

23

三日後の水曜日。朝、家で仕込みをしていると藤光から電話が来た。

「電話なんてして、大丈夫なの？」

真っ先に訊く。

「これ、会社の電話だから」

どうりで着信番号が未登録のものだったわけだ。

「出てくれて助かったよ」

「もしかしてヒカル君かもって思ったから」

「そうなんだ」

藤光は存外元気そうな感じだった。

「実は近々、麗がねえさんに慰謝料を支払えって言ってくると思うんだ」

「慰謝料？」

思わず問い返す。

「そう。とにかくカンカンでさ。そうでもしないと気が済まないって雰囲気なんだ。でも、そんなの無視してくれればいいよ。そのうち、僕がなんとか宥めるようにするから」

「あの子、幾らくらい欲しいと言ってるの？」

「五百万とか一千万とか。まだ頭がどうにかなっているんだと思う」

「この電話で少し話してもいい？」

旭が訊ねる。

「もちろん。会議室の電話で掛けてるから周りに誰もいないんだ」

「そう」

そこで一拍置く。

「ねえ、どうしてバレちゃったの？」

一番知りたかったことを訊いた。

「それがさあ、最近、車のキラキラ感が足りないって感じてたらしいよ。なのに帰宅時間は遅くなってるし、それで、これは怪しいと思ったって言うんだから、凄いよね」

藤光は呆れたような声になる。そういう妙な軽躁さが、もしかしたら現在の過酷な状況の裏返しではないかとふと旭は思った。

「まあ、たしかに洗車にイマイチ力が入ってなかったんだろうね。自分としては普段通りに磨いているつもりだったんだけど」

「でも、それだけで私とヒカル君がどうにかなってるって疑うのは、ちょっと異常じゃない？」

旭はそう思う。

「だから最初は別の女だと思ってたらしいよ」

藤光が意外なことを言った。

「別の女？」

「そう。ねえさんちに行くと見せかけて他の女のところへ行ってるんじゃないかって」

「なるほど」

「だから、あの日は僕が本当にねえさんちにいるのかどうか確かめに来たんだよ」

「そうだったんだ」

その話を聞いて、だったらもう少し別の対処法があったのではないか、と旭は思う。

「そしたら、ねえさんがバスローブ姿で出てきて、その瞬間にぴんときたらしいよ。相手はねえさんなんだって」

「何、それ」

「ほんとだよね。女の勘には勝てないよ」

ということは、最初から旭との不倫現場を押さえるために、あの日、麗は訪ねてきたわけではなかったのだ。自分たちが風呂なんかに一緒に入らなければどうにか誤魔化せた可能性もあったのか？

いや、と旭はその考えを取り消した。

家を訪ねてきたときのあの様子からして、彼女は二人のことを間違いなく疑っていたはずだ……。

「ねえ」

「まあ、本当にタイミングが悪すぎたよね」

藤光がぼやく。

男には女の勘の本物の凄さは永遠に分からない、と思う。

次に訊きたかった点に話題を移すことにした。

「例の話はしたの？」

「したよ。あのあと家に帰ってすぐに」

「どうだった？」

「それが、麗のやつ、コロッと信じちゃったんだよね」

藤光はまた呆れたような声になった。

「そうなんだ」

「ねえさんの言った通りだったんで、びっくりしたよ」

藤光と初めて寝た日、真由里が送ってくれた蜂蜜を見せたのだった。真由里に聞いた効能を披露して、

「だから、もし万が一、このことが麗にバレたときは、ヘンな蜂蜜を私に飲まされたって言うんだよ。それで妙な気分になって、ついやっちゃったって」

とアドバイスした。

「えー、そんなこと言ったって何の言い訳にもならないでしょう」

「そうでもないから。その蜂蜜に、媚薬かなにか入ってたんだって言えばいい。ねえさんが知らないうちに蜂蜜に薬を入れたのかもしれないって」

「うーん」

藤光は明らかに懐疑的だった。

「麗だって、そんな馬鹿げた話を信じるわけないよ」

「ヒカル君、それって大間違いだよ」

旭は言った。

「私が媚薬を使ってヒカル君を誘惑したって言えば、絶対に真に受けるから。自分みたいな美人じゃない女は、そんな裏技でも使わなきゃ男にありつけないって彼女は思っているし、だから、そういう話を聞かされたら飛びついてくるよ。何しろ美人は自尊心の塊だからね」

「そうかなあ。麗はねえさんのことを尊敬しているからね。ねえさんがそんなことするなんて信じないよ」

「それとこれとは別なんだよ。こと男に関しては自分が圧倒的な強者だと信じて疑わないのが美人の常なの。姉妹かどうかなんて全然関係ないんだよ」

美女たちに対する長年の観察で、旭は、その辺のところは確信している。

「ところでヒカル君の方は大丈夫なの？」

ようやく三番目に訊きたいことに移った。

「たぶん」

彼は言う。

「麗もまさか離婚とまでは言わないと思う。いまは、ねえさん憎しで凝り固まってるしね」

「慰謝料のことは無理に止めなくていいよ」

「そうはいかないでしょう。めちゃくちゃな話だし」

「麗の気の済むようにやらせるしかないよ。お金のことは、私の方でちゃんと処理できると思うから」

藤光は何も返さない。

電話の向こうでホッとしている表情が見えるようだった。

「ねえさん、僕たち、もう会えないんですか？」

突然、訊いてきた。

「そうだね。日向や陽介と離れ離れになりたくないんならやめた方がいいよね。今後は、遊ぶんならお金を使って遊ぶしかないよ」

そう言うと、藤光はしばらく黙り込んだ。そして、

「ねえさんとのセックス、すごい良かったです。いままでで一番かも」

最後だからなのか、やけに嬉しいことを言ってくれる。

「今回はご迷惑をおかけしてすみませんでした。時間が経てば麗も少しは落ち着くと思うんで、しばらく辛抱してやってください」

「私と麗とのことはなるようにしかならないから」

「はい」

「じゃあ、ヒカル君も元気でね」

そう言って、旭は自分から電話を切ったのだった。

24

父の元基が亡くなったとき遺産はすべて母の鈴音が相続した。

遺産と言っても元基のものは自分名義の預貯金と三鷹の自宅マンションだけで、そのマンションも鈴音と共有名義の物件だったのだ。

駅前の食堂「六三郎」の土地と建物は、そもそも母方の祖父・岡山六三郎が買い与えたものだったので所有権は娘の鈴音が握っていたのである。

その鈴音が亡くなったのは二〇一三年（平成二十五年）の十一月だった。享年七十。夫の元基を平成十八年に亡くした鈴音はそれから七年間、一人で「六三郎」を切り盛りしていた。「六三郎」は元基亡きあとも相変わらずの盛況ぶりで、鈴音も生き生きと働いていたのだが、十一月のある日、営業を終えた深夜、店の中で突然意識を失い、驚いた従業員が救急車を呼んで病院に担ぎ込んだときにはすでに息を引き取っていた。死因は急性心筋梗塞。それまで病気知らずの元気者で通していただけに、いきなりの訃報に接したときは、父のそれと変わらぬ驚きを旭は禁じ得なかった。

当時、旭は四十歳。麗は三十六歳。姉妹で母親の弔いをし、残ったのは「六三郎」を今後どうするかという大問題だった。

旭は閉店やむなしの判断だったが、麗は存続を強く望んだ。

といっても日向は小学校低学年、陽介に至ってはまだ幼稚園児とあって彼女が店を引き継ぐのは到底不可能だった。

「おねえちゃんの舌は特別なんだし、おねえちゃんが店を継いでくれるのが一番だと思う。

子供たちがもう少し大きくなったら、私も手伝うから」

姉が独身で身軽だと知っている麗は、会社を辞めて三鷹に戻って欲しいと言った。

だが、三年前にあんな形でゴローを死なせていた旭に、実家の繁盛店を継いで、ちゃっかり二代目女将の座におさまる人生など想像することもできなかった。

店もマンションも売り払って母の遺産をきれいに折半するのが最良の選択だと考えたのだ。

麗の希望を押し返し、なんとか閉店・売却の線で納得を得た。

ちょうどその頃、麗と藤光にマイホーム購入の話が持ち上がっていたのも、彼女の気持ちを方向転換させる追い風となった。

そうやって一切が落ち着き、さっそく閉じた店と実家マンションの売却に動き出した矢先の二〇一四年二月、思いもよらなかった事態が出来する。

新宿のとある貸金業者が、鈴音と祖父の六三郎が連名で署名捺印した一綴りの債務弁済契約書を持って旭のもとへ乗り込んできたのである。

そこで初めて旭は、これまで知らなかった驚くべき事実を突きつけられる。

祖父の六三郎が死ぬ前の数年間、危ない株取引にどっぷりと嵌まって二億円を超える借金をこしらえ、あろうことかその返済に娘の連帯保証を求めていたのだ。

六三郎の死去と同時にまずは岡山ベーカリーの土地と建物が売却の上、弁済金の一部に充てられ、残りの債務については、弁済契約書に新たに追加された特記事項により、鈴音の死後、彼女の遺した全財産をもって充当すると取り決められていたのだった。

特記事項に関しては、鈴音が署名捺印した同意書が作成され、それが契約書に添付されていた。

弁済契約書と同意書の写しを示された旭はびっくり仰天し、急いで真由里の叔父である小針弁護士に連絡を取った。小針弁護士にはそれまでも何度か仕事のことでお世話になったことがあったのだ。

もちろんこの事実は麗にも報告した。

「どうしよう。もう頭金の一部も支払っちゃったし、おかあさんの遺産が入らなかったらうちは大事になっちゃうよ」

鈴音の遺産を当てにして北千住の新築タワーマンションの購入を決めていた麗は、「六三郎」の存続うんぬんはどこへやらで、マンションの支払いが滞ることにただただ怯えた。もとから社会経験に乏しい彼女が、この種の金銭問題の解決に力を発揮できるはずもなく、すべてのトラブル処理は旭が担うことになったのである。

このとき、小針弁護士が紹介してくれたのが二階堂さんだった。

二階堂さんに頼んで、まずは実家マンションと店の土地建物の正確な評価額を算出して貰い、それを基に小針弁護士と二階堂さんが二人がかりで件の貸金業者と渡り合った。というのも、二階堂さんは貸金業者の兄貴分にあたる新宿の大親分とかねて昵懇の間柄で、彼を通じて業者側に譲歩を強く促してもくれたのだ。

その結果、鈴音の遺産のすべてを弁済に充てるという契約は取り消され、遺産の一部を旭たち遺族の手元に残すことができた。

とはいえ、祖父の借金は、

「おかあさんが、せめてもう三、四年でも早く相談してくれていれば……」

と先生と二階堂さんが口が揃えて嘆くほどに大きく膨らんでしまっており、取り戻せた金は六百万円程度に過ぎなかった。

麗と折半すれば三百万円ずつ。だが、麗たちがマンション購入のために頭金として用意すると約束した額は二千万円で、その半分の一千万円を鈴音の遺産から出すことになっていた。そこで旭はやむなく、返金額を二千万円と偽り、実際に戻ってきた六百万円に自分の貯金の四百万円を上乗せして、一千万円ちょうどを麗の取り分として渡してやったのである。

藤光との電話で旭が、「お金のことは、私の方でちゃんと処理できると思う」と伝えたのはこの一件があるからだった。

もしも麗が〝慰謝料〟を本気で請求してきた場合は、これまで秘密にしてきたその事実を彼女に突きつければいいのだ。

旭が会社を辞めたのは、遺産トラブルが片づいた翌月、二〇一四年（平成二十六年）の七月のことだった。

退職理由は転業。彼女は「モトキ」を開こうとその時点で決意していた。

祖父の莫大な借金のせいで店も実家も手放さなくてはならなくなったとき、旭は無性に父のことが哀れに思われた。生前の父は、店の開業資金を気前よく出してくれた義理の父に対して本当に感謝していた。だからこそ自らの店を「六三郎」と名付け、生涯その恩を忘れまいとしたのだった。

だが、最後の最後、恩人だった祖父は自分が出してやった金額の何倍もの負債を母に押しつけて死んでしまったのである。

――「六三郎」なんて名前にする必要はなかったのに……。

書家の道を断念し、その店で長年鍋やフライパンを振って短い生涯を終えた父のことが不憫でならなかった。

彼女はそう思い立ったのである。

――だったら、私がおとうさんの名前を付けた店を開いてやろう。

しかし、幾ら定食屋の娘だったといっても、食べ物商売などやったこともない。店舗の選定から設備、内装のあれこれまで完全な素人と言ってもよかった。

メニューは最初から決まっていた。

ハンバーグ定食とナポリタン。

ゴローが好きだったこの二品のみを食べさせる店にする。

一番の問題はおカネだった。会社員時代に蓄えた貯金は、麗のために使ったために半分に減っている。どんな小さな店を持つにしても、都内で開くとなれば資金が足りない。

そんなとき、計画段階から相談に乗ってくれていた二階堂さんが奇妙な提案をしてきたのだった。

初対面のときから旭は二階堂さんに好感を持った。信頼できる小針弁護士の知り合いだというのも理由ではあったが、それ以上に二階堂さんが彼女のタイプだったのだ。

上背があって肩幅が広く、顔は少々エラが張っているが目元は涼しく、眉は太い。何より年齢とは思えないほど尻が締まっている。そして低めの声。

これまでいろんな男と寝てきたが、二階堂さんのようなタイプと出会ったときは旭の方からいつもアプローチしていた。

そういう人物からの申し出だったからこそ、彼女は二階堂さんの奇妙な提案に乗ってしまおうと決めたのだった。

「きっとそうしてくれると思っていたよ」

OKの返事をしたとき、二階堂さんは満面に笑みを浮かべ、

「やっぱり僕の目に狂いはなかった」

と言った。

彼の交換条件を飲んだことで、「モトキ」の開店は一気に加速していった。

何しろ品川区で随一と言っていい不動産会社の前社長が力を貸してくれるのだ。あっと言う間に好立地の空き店舗と便利な住居が見つかったのは当然の成り行きだった。

家賃は破格の安さで、しかも内装の手直しは二階堂地所がやってくれる。

乏しい手持ち資金でも、旭が金策のためにあれこれ苦労する必要はまったくなかったのである。

25

十二月十六日金曜日。

上の事務所の斎藤先生が閉店間際にやって来た。

「CLOSED」の札をドアに吊して店じまいし、久しぶりに先生と並んでスツールに腰掛け、ワイングラスを傾ける。

酒の肴は先生用にハンバーグを一枚焼いて、あとは「チェダーチーズとドライハムのオイル漬け」、それに先生ご持参の小茄子(こなす)の辛子漬けだ。ワインはいつもの岩の原葡萄園の赤ワイン。このワインを教えてくれたのは斎藤先生だった。

先生の仕事の話や趣味の骨董の話、事務員の庄司さんや中村さんの噂話で時が過ぎる。今年で古稀(こき)という先生だが、いまだ現役とあって話術は巧みだし、見かけも若々しい。

「そうそう」

ワインもだいぶ進んだところで、ふと思い出したように先生が言った。

「今週、『輪』が突然閉店したらしいね」

「え」

寝耳に水とはこのことだった。

「あれ、聞いてなかった?」

旭の反応に先生の方が驚いた様子になっている。

「はい」

旭はちょっと呆然としてしまう。

自転車の当て逃げに遭った日以降、「輪」には長く顔を出していなかったが、それでも先月半ばと先々週の二度、二階堂さんのお呼びが掛かって飲みに行っていた。先々週、十二月二日金曜日の晩はコロナ前のように長っ尻をして、最後は二階堂さんと順子ママと三人で朝まで飲み明かしたのだった。

その折だって、「輪」がもうすぐ閉店という話は順子ママからも二階堂さんからも一切出なかったのだ。

「順子ママは湯布院に移住するんだって。昔からの夢だったらしい」

「湯布院ってあの湯布院ですか？」

「そう。大分の」

斎藤先生が頷く。

「小さな別荘を最近、手に入れたんだそうだよ。まあ有名な温泉町だし、移り住むにはいいかもしれないけどね」

「その話、先生は誰から？」

「天功のマスター。たまたま昨日、ちょっとした書面のやりとりで来て貰ったんだ。そのとき聞いたよ。水曜日の昼間にママが突然、天功に菓子折を持って訪ねてきて、暇乞い（いとまごい）の挨拶をしていったそうだよ」

天功のオーナーシェフの近藤さんは、ママにとっては同じ三ツ又商店街の仲間であると同時に「輪」の常連でもある。

「だけど、ゆくゆくは湯布院に行きたいなんて、そんな話、これまでママから一度だって聞いたことがなかったのにって、マスターも首を傾げていたんだけどね」

「そうなんですか……」

「そうか。旭さんも知らなかったのかあ」

斎藤先生は意外そうにしている。

「相談役から何も聞いてなかった？」

再確認してきた。

〝相談役〟というのは二階堂さんのことだ。もっとも二階堂さんはとっくの昔に二階堂地所の相談役からも退いてしまっている。

「はい」

旭はそう返事するしかない。

斎藤先生が帰ったあと、残ったワインを飲みながらさきほどの話をよくよく吟味してみた。

「輪」を急に畳んで、順子ママが湯布院に移り住む理由は一つしか考えられない。

ママは、二階堂さんと結んだあの約束を履行したのだ。

だからこそ二階堂さんが通い詰めていた店を閉じ、もう二度と顔を合わせることのない九州の温泉町へと旅立つことに決めた。

近藤シェフに話していたという「湯布院の小さな別荘」というのも、恐らく二階堂さんが用意してくれたものなのではないか？

九月三日に二階堂さんの自宅マンションであの告白を聞いてから三ヵ月以上が過ぎている。二階堂さんが約束を交わした三人に何をさせるか決めるには充分すぎるほどの時間があったはずだ。

ママは二階堂さんに一体何をさせられたのだろう？　想像もつかない。

だが、ママの番が終わったのだとすれば、次はいよいよ自分の番だと旭は思う。

八年前の春、店舗捜しに苦労していた旭に、二階堂さんは、二階堂新光ビルの店舗と裏の庭付きの戸建てをセットにして破格の安値で貸してもいいと持ちかけてきたのだった。

「その代わり一つだけ条件がある。かなり奇妙な条件だけど、それを兵庫さんが受け入れてくれるならこの値段で貸してあげてもいい」

旭はその具体的な条件を聞く前に、二階堂さんに案内されて現地二ヵ所を回り、その上で池上通り沿いにある自宅マンションに案内されたのだった。

物件は両方とも絶好のものだったし、旭はよほどの条件であっても飲み込もうとすでに決意していた。

「まだ何年も先の話だとは思うけれど、いざとなったとき、一日でいいから兵庫さんを好きにさせて欲しいんだ。好きにすると言っても別にいのちに関わるような危険な目にあわせるわけじゃない。それは約束する。ただ、たった一日だけでいい、身も心も僕のために捧げて欲しい」

二階堂さんは条件の中身を口にする。

「いざとなったときというのは？」

当然の質問を返した。

「例えば僕が死にそうになったときとか、不治の病に罹って余命幾ばくもないとか、本当の悲劇に見舞われて立ち直りようがなくなったときとか、そういうときだね。僕だけでなく兵庫さんも僕の状況を見て、〝確かにこれはいざとなったときだな〟と判断した場合に限ってで構わない」

「身も心も捧げるというのはどういうことですか?」

「言葉通りそのままだよ。と言っても、まあ、心を捧げるというのは実際は難しい話なのかもしれないけどね」

二階堂さんは少し皮肉っぽい口調になる。

「同じような約束をしている人があと二人いる。兵庫さんが最後の三人目なんだ。突然、こんな奇妙な交換条件を持ち出してきて、この人、頭がおかしいんじゃないかと思うだろう? 僕自身もちょっとそう思っている。でも、兵庫さんならこの条件を飲んでくれる気がしたんだよ。あなたはそういう人だと僕は見ている。他の二人と匂いが似ているからね」

さらに二階堂さんは言葉を重ねて、

「どうかな。この条件を飲んでくれるかな?」

旭の目を覗き込んできた。

「分かりました。お約束します」

旭が、答えると、

「きっとそうしてくれると思っていたよ。やっぱり僕の目に狂いはなかった」

彼は大きな笑顔を作り、

「兵庫さん、本当にありがとう」

と頭を下げてきたのである。

26

二階堂さんから電話が来たのは、それから数日後だった。

「やあ、こんにちは」

いつもの調子で、

「月末、二十九日の日にお宅にハイヤーを差し向けるから、それに乗って下さい。時間はお昼頃になると思う。二十九日は『モトキ』はもう休みだよね？」

と言う。

「はい」

旭の方は声を聞いたときから少し緊張していた。「輪」が閉店した今、二階堂さんが自分を誘うとしたら例の件に決まっている。

今年は御用納めが二十八日水曜日だった。「モトキ」の営業はその日まで。二十九日からは例年通り、冬休みに入る予定だ。

「じゃあ、よろしく頼むよ」

二階堂さんはさっさと電話を切ろうとした。

「ちょっと待って下さい」

慌てて呼び掛ける。

「ハイヤーでどこに行くんですか？」

差し向けるということは、二階堂さんは一緒ではないのか？　それともどこかで乗り込んでくるのだろうか？

「それは着いてみてのお楽しみ。僕は先に行って待ってるよ」

どうやら自分一人で二階堂さんの待つ場所へと向かうらしい。

「あの、何か準備していくものって必要ですか？」

約束では「身も心も捧げる」のは一日だけのはずだ。一日とは文字通り二十四時間のことなのだろうか？

「いや。何にもいらないよ。こっちで全部用意しておくから。じゃあ、二十九日はよろしくね」

二階堂さんはそう言うと電話を切ってしまったのだった。

スマホをポケットにしまいながら、旭は、「二十九日か」と小さく呟く。まだ十日ほど先だった。

これが例の約束の履行なのかどうかも訊けなかったし、順子ママのことも訊けなかった。斎藤先生に「輪」の閉店を知らされて、翌日、三ツ又商店街に行ってみた。「輪」のシャッターが降りているのは普段通りだったが、そこに、

「閉店。長年のご愛顧をありがとうございました」

という一枚紙が貼り付けてあって、先生の話が事実であるのを確かめたのだ。

順子ママが三人のうちの一人だという旭の推測は、それを見て確信に変わった。

仮に「輪」が何か別の事情で閉店に至ったのであれば、その前に二階堂さんから旭に連絡があるに決まっている。それこそ二階堂さんを中心に盛大なママの送別会だって開かれなければ嘘だろう。

それがママ本人はともかく、二階堂さんからも何の通知もないのは明らかにおかしい。

あれだけ連日、「輪」に通い詰めていた二階堂さんが、いくら身体の事情があるとはいえ、そのことを認識できなかったり、旭に連絡しそびれたりするはずもない。

ついいましがたの電話でも彼はまだ至極〝普通〟だった。

八年前の約束の履行について触れなかったのも、それを伝え忘れたというのではなく、

旭にどんな形で「身も心も捧げ」させるのか、具体的な内容を秘密にしておきたいという底意からだと思われる。

「輪」のことをわざと伏せていたのも、きっと同じ理由からに違いない。

27

今年は暖冬なのか、十一月に入ってもまだ薄物のコートで歩けるような日もあったのだが、さすがに師走の暦に変わり、年の瀬も迫ってくると寒さが一気に際立ってきたのだった。

二十九日も風の強い、身を切るような寒さの日だった。

昨日は午後三時で店を閉め、夜まで店内の掃除を行なった。ガスレンジやレンジフードの油汚れを取り除き、換気扇自体もお湯に浸けて洗浄した。冷蔵庫や食器棚も徹底的に磨く。専用の洗剤や掃除道具はあらかた揃えてあるので、それらを上手に使い分ければ業者に頼むのと変わらぬくらいの仕上がりになる。

旭はそうやって歳末に店内のあれこれをピカピカにするのが好きだった。

壁や床、カウンターの掃除は、例年正月を迎えてから行なうことにしている。

二〇一五年（平成二十七年）の五月に開店して、来年で八年になる。一昨年からはコロナにも見舞われ、多くの飲食店が苦境に立たされるなかでも「モトキ」はなんとか厳しい時節を乗り越えることができた。

旭の営業努力の甲斐あって相応の売上げに恵まれたのも一因ではあったが、特にコロナになってからの三年間はやはり破格の安さの賃料が、経営への圧迫を最小限に抑えてくれたのは間違いない。

そういう意味で、二階堂さんは旭と「モトキ」にとって紛れもない恩人と言っていいのだろう。

その二階堂さんが、あんなに厳しい状況に追い込まれ、かねての約束を果たして欲しいと求めてきたのだ。たとえどんなことをされたとしても、黙って受け入れるのが務めだと旭は昨日も黙々と作業を続けながら自身に言い聞かせていたのだった。

玄関のチャイムが鳴ったのは正午ちょうど。

出てみると制帽をかぶったスーツ姿の男性が立っている。

「兵庫さんですね。お迎えに上がりました」

帽子をかぶったまま彼が頭を下げる。

靴だけ履いて、着の身着のままで外に出る。家の前に黒塗りのワンボックスカーがとまっていた。最近はハイヤーもミニバンなんだ、と思う。こんな大きな車に一人で、しかも手ぶらで乗るのもなんだかもったいない気がする。

旭がスライドドアの横に立ったところで、中年の運転手が近づき、ポケットから黒い布地のようなものを取り出してきた。

「二階堂さんからのご指示で、車が走り出したらこれをつけていただきたいとのことです」

最初はマスクかと思って、すでにつけているのと取り替えろというのかと訝しかったが、手にしてみれば、それはマスクはマスクでもアイマスクだった。

――どうして？

疑問はあったが、すでに「身も心も捧げる」一日が始まっているのだと思い直し、

「分かりました」

と返事をする。

運転手はドアを開けて、旭が乗り込むのを見届けてから運転席に着いた。

「じゃあ、発車します」

と言って、ルームミラー越しに旭を見る。

受け取ったアイマスクで旭は目を塞ぐ。

今日のことを簡単に考えていた自分にいささかの後悔を覚えていた。

――二階堂さんは本気なんだ……。

今更のように思う。

これが約束の履行であるのは、もはや疑いの余地がなかった。

車内には何やらお香の匂いが立ち込めていた。白檀(びゃくだん)の香りが混じっている。

適度なあたたかさが保たれ、ゆるやかな音楽が流れていた。アイマスクをしたままその香りと音楽に身を委ねているうちに旭の意識はやがて薄れていった。

「兵庫さん、お疲れさまでした」

という声に身体を起こした。いつの間にか深く眠っていたようだ。

「どうぞ、アイマスクを外して下さい」

と言われてそれを外す。口を覆っていたマスクがなくなっているのに、そのとき気づいた。一体いつ、誰が外したのだろう？

車のドアは開いていて、例の運転手がそばに立っている。

旭はぐるりを見回しながら車から降りた。冷たい冷気のなかに濃厚な緑の匂いが立ち込めている。それはそうだろう、いま自分がいるのは鬱蒼とした森の中なのだから。

「こちらです」

そう言って運転手が促す。ハイヤーが停車している場所だけはちょっとした広さがあって、その前後に細い道が延びていた。運転手が促す方向が道の先で、その反対側がハイヤーが辿ってきた道なのだろう。道と言っても車が二台すれ違うのはとても不可能な未舗装の山道だった。

「どうぞ」

と言われて、歩き始めた運転手の背中についていく。

五分ほど木々のあいだの平坦な道を進むと、遠くに門構えのようなものが見えてくる。

さらに近づくと、門の両脇には篝火（かがりび）のようなものが焚かれていた。

――離れ里の隠し宿……。

そんな言葉が旭の脳裏を過（よぎ）る。

片方の篝火のそばにいつの間にか和服姿の女性が立っていた。近づいてきた旭たちと目が合うと、

「いらっしゃいませ」

と言って深々とお辞儀をしてくる。

やはり、ここは山奥の温泉宿か何かのようだ。それにしても風はなく、空気もさほど冷たくはない。ハイヤーは南へと向かったのだろう。

――静岡あたりか？

すっかり眠り込んでしまい、いまが何時なのかよく分からない。ふと気づいて、慌ててコートのポケットに手を突っ込み、入れていたスマホを探る。だが、どちらのポケットにもなかった。

マスクを外されたとき、スマホも抜かれてしまったのか？

空を見上げて日の高さを読んでみる。日頃からそんなことをしたためしがないのでまるで分からなかった。

洗車のたびにベランダで空を睨んでいた藤光の姿がふと脳裏によみがえる。

彼なら空の様子で時刻を知ることができるのだろうか？

藤光という男が存在していたこと自体が、いまになってみれば虚実のあわいにあるような気がした。十一月の末に電話で話して以降、彼からの音信はない。慰謝料を請求すると息巻いていたらしい麗からも何の連絡もなかった。

姉妹の縁は、やっぱりあの日、完全に切れたのだ。

それでよかったのだと旭は思っている。

「じゃあ、私はここで」

そう言うと運転手は旭と和服の女性の両方に会釈をして道を引き返していった。

「兵庫さま、こちらでございます」

ここからはこの女性が案内役のようだ。

一緒に門をくぐると敷石の置かれた道が続いている。彼女が先に立って歩いていく。曲がりくねった道をしばらく進むと大きな茅葺き屋根の建物が見えてきた。

一体、ここはどこなのか？

建物は平屋で、それこそ旭が住んでいる一軒家とさほど変わらない大きさだ。

小さな門があるが表札の類はない。玄関は引き戸だ。和服姿の女性がその戸をがらがらと音を立てて引く。存外広い土間があり、上がり框の前には式台代わりの大きな靴脱ぎ石が据えられていた。そこには雪駄と男物の革靴が一足ずつくっつくようにして並んでいる。

恐らく二階堂さんはこの家で待ち構えているのだろう。

――それにしても……。

旭は思う。

――二階堂さんもずいぶん手の込んだことをするものだ。

「どうぞ」

和服姿の女性が部屋に上がるように促してきた。旭は靴を脱ぎ、二階堂さんのものと思われる革靴の横に自分の靴を置いた。スリッパは見当たらないが、床には赤い毛氈が敷き詰めてある。

「その廊下を行くとお部屋があります。お待ちの方はそちらにいらっしゃいます」

旭のことは「兵庫さん」と呼んだ彼女が、二階堂さんのことは「お待ちの方」と言う。ちょっと違和感がある。

旭が部屋に上がると、女性は軽くお辞儀をして開いたままだった引き戸の向こうへと消える。ゆっくりと戸が閉まった。

長い廊下が真っ直ぐに延びている。廊下の左右は壁で部屋らしきものはない。平屋と見立てたこの建物は渡り廊下に過ぎず、さらに奥に母屋があるのかもしれない。

二十メートルほど歩くと正面にドアがあった。軽くノックをしてドアノブを引く。

ドアの向こうは狭い畳敷きで左に襖があった。小上がりのようになっているがスリッパや草履は見当たらない。温泉宿などでよくある次の間のようだった。

小上がりを上がって、旭は真っ白な襖を引く。するとそこは細長い、やはり畳の間だった。畳の枚数は五枚。

――ここが二の間か。

左側は両開き式の戸棚になっているので、恐らくその中に寝具一式がおさめられているのだろう。

右側には四枚の襖が並んでいる。襖絵は真ん中の二枚が龍と虎。左右には風神と雷神が描かれている。絵柄もそうだが、その筆致も風流とはほど遠い猛々しいものだった。

この襖絵の奥が居室に違いない。

そして、そこで二階堂さんが待っている。

龍虎に挟まれる恰好で、二の間の中央に立つ。襖の向こうから一切の物音はなかった。

――龍に呑まれようが、虎に喰われようが、どっちでもいいや……。

一瞬で腹が据わった。

旭は一つ息を整え、龍虎の襖の引き手に指を掛ける。それをゆっくりと両手で左右に開いていった。

28

広い座敷には大きな白い布団が奥に敷かれ、その前に二人の男が座っていた。

一人は浴衣に半纏姿の二階堂さん。そして、二階堂さんの後ろ、布団の傍らに坊主頭の男が正座している。坊主頭の方は紺色の作務衣の上下を身につけていた。二人ともマスクはしていない。

胡座をかいて浴衣の襟も乱れた様子の二階堂さんの前には大きなお盆が置かれている。そこにはウイスキーと氷のたっぷり入ったアイスペール、それにグラスがあって、グラスには水割りが半分ほど。

二階堂さんの顔は赤い。すでに酔いの回ったような崩れた相貌をしている。

ウイスキーは愛飲の山崎ではなく、なぜかサントリーオールドだった。

一番驚いたのは、二階堂さんが煙草をくわえていることだ。お盆には大ぶりの灰皿、それに、いまどきめずらしい缶入りピースとライターが見える。

二階堂さんが煙草を吸う姿など一度も見たことがない。それどころか彼の身体から煙草の匂いを嗅ぎ分けたこともなかった。旭は味覚だけでなく嗅覚も超感覚に近いから、彼が日頃から煙草を吸っているのであれば気づかないはずがない。

旭の方は二人の前でじっと立ったままだ。

作務衣の男にはまるで見覚えがない。目の前の二階堂さんも、いままで旭が知っていた二階堂さんとはまるで別人のようだった。

――これが、この男の本性?

ふっとそんな一語が頭の中に降ってきて、背筋がひんやりする。

手元の灰皿で煙草を揉み消すと二階堂さんはグラスを手にして水割りを一口すすった。

背後の坊主頭の方へ顔を向け、

「ツトムさん」

と声を掛ける。坊主頭の男は「ツトム」というらしい。

男が無言で立ち上がる。それを見て旭は胸を衝かれた。男がびっくりするほど背が低かったのだ。身長は百五十センチ足らずか。だが、身体はがっしりとしていて首の太さは旭の倍はありそうだった。まるで軽量級のウエイトリフティング選手のような体型である。

その男が起立して、旭を手招きする。彼の足下に大きな黒い籠のようなものが置かれているのに、そのとき初めて気がついた。

旭は二階堂さんの方を見る。

彼は無表情のまま何の反応も見せない。

背の低い男が手招きを続けている。

二階堂さんの横を通って彼の近くへと行った。目の前に立ってみれば、男の異様な身体つきが尚更に分かる。作務衣の上からでも胸板の分厚さは尋常とは思えず、袖から覗く手首の太さも旭の二倍はありそうだ。指の一本一本も太く、手のひらも硬くパンパンに張っていた。

――一体どんな職業だとこんな手になるのか？

「脱げ」

そう思った直後、男が低い声で言う。非常に威圧感のある声だった。

旭はもう一度二階堂さんの方へと目をやる。彼は背中を向けたまま何の反応も示さない。と思うともう一口水割りを飲み、缶から煙草を一本抜いてくわえ、火を付けた。

口許から紫煙が立ちのぼるのが見える。

「早くしろ」

男が急かしてくる。

旭は諦めてコートから順に脱いでいった。下着もすべて脱いだところで男が立ち上がり、全裸の旭の腕をとって布団の上へと連れて行く。真ん中のあたりで正座させられた。

男が一度離れて、例の黒い籠を持って戻ってくる。

籠の中から出てきたのは丸く束ねられた麻縄だった。

男が正面に座る。と思うと、伸びてきた右手で胸を強く押され、旭は正座のまま背後にひっくり返ってしまった。あっと言う間の出来事だった。

脚が解けて秘所が丸見えになる。

男はその投げ出された両脚を小脇に抱えるように素早く持ち上げる。その上半身に両脚を保持された恰好で、今度は旭の両腕を摑んできた。二本の腕が膝裏のあたりまで引っ張り上げられ、自分の両腿を抱えるような形にさせられる。

その状態のまま手首をまとめて麻縄で縛り上げられた。これでもう身動きがほとんどできなくなった。

旭は秘所を晒した恰好で両脚を抱えて仰向けに寝転がるしかない。手首を縛めた縄がさらに足首まで延びて、二重巻きで一緒に結束される。

またたく間に手と脚がしっかりと縄で固定されてしまった。

男はどうやら緊縛のプロのようだ。

腿のあたりを抱え込んだ形で両手首、両足首を縛められて寝転んでいると、彼が頭の方に来て捻り手拭いで猿ぐつわを嚙ませてくる。いきなりのことに旭は激しくえずいたが容赦なかった。

涙目になった旭の顔を男が無表情に覗き込む。目の前に黒く細長い布きれが迫ってきた。

「目をつぶれ」

と言われて慌てて閉じた。頭を持ち上げられて目隠しをきつく巻かれる。

唐突に始まった辱めに、さすがに頭は混乱をきたしている。それでも必死に冷静さを保とうと心がける。

耳元で男が立ち上がるのが分かった。

同時に別の人間の気配が近づいてくる。二階堂さんだろう。ねっとりとした煙草のにおいと酒のにおいが鼻についた。

何か金属製のキャップでも開くような音がする。手のひらに液体がこぼれ、それをぴちゃぴちゃとこすり合わせるような音。パンパンと小さな柏手のような音も立った。

二階堂さんがすぐそばに座り込んだのが分かる。

高く掲げた恰好の旭の両脚に手がかかった。尻に彼のざらついた膝が当たる。股間にぬるっとした感触が生まれた。何かをたっぷりと塗った二階堂さんの手が、旭の秘所をまさぐり始めたのだ。

「うっ」

という呻き声が口から吐き出される。

やがて執拗に秘所をいじくっていた手の動きが、尻、腿、そして脚全体へと広がっていく。その頃には、旭の意識は快感でほぼ埋め尽くされてしまっている。

二階堂さんが、そのねっとりとした油のような液体を旭の全身にていねいに塗り込んでいく……。

幾度も縄が解かれ、また別の体勢で縛られた。

足首に手首をくっつけた形で縛られ、さらに前腕と膝下、肘と腿とを順番に固定されて蟹のような恰好にさせられたり、後ろ手を組んだまま上半身にびっしりと縄を打たれたあと、胡座を組んで重ねた足首と首とを短い縄で結ばれ前屈みにさせられたり、その胡座を今度はM字に開かれて片脚ずつ固められたり、うつ伏せに寝かせられ、後ろ手で縛られた縄で足首まで縛って逆海老反りの恰好をさせられたりと、旭の身体はツトムさんの手によっていいように弄ばれ、縛りの形が変わるごとにツトムさんと交代した二階堂さんから油のような液体を塗り重ねられ、身体中をまさぐられ、そして犯されたのだった。

そのあいだ一度も目隠しを取られることはなかったし、猿ぐつわが外されることもなかった。

「終わりましたよ」

という声に意識を取り戻したのは一体どれくらいの時間が経ってからだったのか。

脚や腕に絡みついていた縄が一カ所ずつ丁寧にほどかれ、その度に温かい濡れタオルで縄目がついたと思われる部分が清拭されていった。下半身が自由になったところで猿ぐつわが外される。正座をさせられて、

「これを飲んで下さい」

と口許にコップのようなものを押し当てられた。

さらっとした少量の液体が口の中に流し込まれる。ほんの少し酸っぱい味がした。

正座のまま上半身の縄もほどかれ、最後に目隠しが外された。

あたりは薄暗く、ここがどこかも、いま何時頃なのかもよく分からない。

目の前にぼんやりとツトムさんの姿があって、彼が旭の上半身を濡れタオルで丁寧に拭いてくれる。まるで自分の身体とも思えず、されるがままだった。二階堂さんの姿はどこにもなかった。

「いま飲んだ薬で少し眠れるはずです。目が覚めたら風呂に入って、食事をしてお帰り下さい。風呂は奥のドアの向こうです。食事は電話をすれば運んでくれます。正午に車が迎えにきます」

ツトムさんの声が遠いこだまのように耳朶（じだ）に響く。

再び目覚めたのがそれから何時間後だったのかは分からない。

身体には布団が掛けられていたが全裸のままだった。枕元に脱ぎ捨てたはずの衣服がきちんと畳んで重ねてある。

旭は布団を抜け出して立ち上がった。

ふらつくこともなく身体はしゃんとしている。

広い座敷の奥には障子戸があって、いまは開いていた。そこは広縁になっており、窓のう。

外は鬱蒼とした雑木林だ。左の壁にドアが見えた。あのドアの向こうに風呂があるのだろう。

旭は確かな足取りでドアまで近づきノブを引いた。

檜の風呂にゆっくり浸かり、脱衣場に置かれた浴衣を羽織って部屋に戻ると、布団はなくなり座敷の中央に大きな座卓が据えられていた。古めかしい電話機が一台。その隣に失くしたはずのスマートフォンがあった。

時刻を確かめる。

午前九時だ。

電話機の下にメモが挟まれていた。

「お食事が必要なときはお電話下さい」

内線番号が記されている。重い受話器を持ち上げてダイヤルする。

「兵庫さま、おはようございます」

という女性の明るい声。

「朝ご飯をお願いします」

旭はお腹がぺこぺこだったのだ。

29

二〇二三年（令和五年）一月三日。

午前十時過ぎに内山田さんから電話が入った。内山田さんは品川区役所で収入役を務める「モトキ」の常連である。

「三が日も明けていないのにごめんね」

彼が電話を寄越すなど滅多にないことだった。

「さっき知ったんだけど、二階堂さんが亡くなったらしいよ」

新年の挨拶はなく、内山田さんは多少興奮気味の声でそう言った。

「旭さんには、もう社長から連絡があった？」

社長というのは二階堂地所の社長である磁一さんのことだ。内山田さんと磁一さんは歳は離れているが昵懇の間柄で、内山田さんも磁一さんに感化されているのか、かねて二階堂さんと旭との関係を疑っているきらいがあった。

「二階堂さんが？」

旭は唖然とした声を出す。

「亡くなったってどういうことですか？」

いずれは、という予感はあったが、それにしても余りに唐突な死である。

「東京湾の沖合で海に身を投げたらしい」

半信半疑の口調で内山田さんが言う。

「海に身を投げた？」

「僕には警察から連絡があったんだけど、元日の早朝に初日の出を見るためにプレジャーボートで沖合に出て、そのボートから海に飛び込んだんだそうだ。同行していた女性が気づいて警察に通報したようだが間に合わなかったみたいだ」

「事故なんですか？」

「いや。覚悟の自殺だよ。船内に遺書があったというし、身体をロープで繋いで飛び込んだらしい」

「ロープで繋いで？」

「プレジャーボートのへりにロープを結わえて、そのロープと自分とを繋いでから飛び込んだんだ。遺体が海底に沈んだり、潮に流されるのを防ぐつもりだったんだろう。二階堂さんがいないことに気づいた女性がロープを見つけて一生懸命引き揚げようとしたらしいが無理だったようだ。結局、駆けつけた水上警察官たちが三人がかりでやっと遺体を収容したらしい。二階堂さんは確実に死ねるようにダイビング用のウエイトを幾つも腰に巻きつけていたらしい」

「じゃあ、本当に自殺なんですね」

「そうみたいだね」

旭が黙り込んでいると、

「正月早々、こんな連絡で申し訳ない。ただ、旭さんにはすぐに知らせておいた方がいいと思ってね。社長からも多分連絡が入ると思うけど、そのときは先に僕から電話があったことは内緒でお願いします」

と言う。

「分かりました。わざわざご連絡ありがとうございます」

旭にはそれ以上の言葉が思いつかない。

「じゃあ、また何か分かったら電話するよ」

そう言って内山田さんは自分から通話を打ち切ったのだった。

旭は、スマートフォンをカウンターに戻すとすぐに掃除を再開した。今朝は早くに起きて「モトキ」に出向き、店内の大掃除を行なっていたのだ。今年の御用始めは明日、四日水曜日。「モトキ」の営業開始も明日からだった。

店の床をモップで拭きながら、二階堂さんの死について思いを巡らす。

彼とは二十九日に会ったのが最後だった。会ったと言っても、あの日は、酔い心地の赤ら顔をちらと見ただけで、あとは目隠しをされてしまったから、それからの二階堂さんの様子は何も分からなかった。

言葉を交わすことさえ一度もなかったのだ。

そして、その二階堂さんは一昨日の早朝、夜が明けたばかりの東京湾の冷たい海の中に入水して自らのいのちを絶ったのだという。

彼が乗船していたプレジャーボートには女性がいたと内山田さんは言っていた。

二階堂さんが船内から消えているのに気づき、彼女は一本のロープがボートのへりから海面へと延びているのを発見する。目を凝らして海の中を覗いてみれば、ぴんと張ったロープの先で人のようなものがゆらゆらと揺れている。

彼女は、必死にロープを手繰る。だが、女の非力では到底引き揚げることは叶わない……。

――ということは、ボートには二階堂さんと彼女の二人しか乗っていなかったことになる。

内山田さんの話を聞いている最中から、旭はその点に気づいていた。

――その女が、三人目の女だったのだ。

去年の九月三日、二階堂さんに呼ばれて自宅マンションを訪ね、一緒にうな重を食べながら彼の告白を聞いた。

二階堂さんは、旭と知り合う前年、二〇一三年（平成二十五年）の夏に若年性アルツハイマーの診断を受けたのだった。当時六十四歳。まだ二階堂地所の会長として会社の実権を完全に手放してはいなかったという。二階堂さんが相談役に退いたのは、その診断を受けた直後だった。

むろん磁一さんには何も話さなかったし、娘の陶子さんにも言わなかった。妻の市子さんは前年の二月に膵臓がんですでに亡くなっていた。

「その二年くらい前から物忘れがひどくなったり、字が下手になったりしてる気はしてたんだが、歳のせいとしか思わなかったよ。ところが妻を亡くしたあと、毎日付けている日記の漢字がなかなか出てこなくなったんだ。これも、最初は心労がたたってのことだろうと思っていた。亡くなる前は看病で大変だったからね。挙げ句に何もしてやれないまま死なせてしまって、かつてなかったほどの打撃も受けた。記憶がますます怪しくなってきたのも、そのショックのせいだと……。そのうち元に戻ると信じたかったんだよ」

ところが市子さんを亡くした翌年、二〇一三年の六月、二階堂さんにとって決定的な事件が起きる。

市子さんの墓所は、代々二階堂家の先祖がまつられている青山墓地にあった。月命日ごとの墓参を彼は欠かさなかったのだが、その月、青山墓地には辿り着いたもののどんなに捜しても二階堂家の墓がどこにあるのか分からなかったのだ。六月とはいえジメジメと蒸し暑い一日で、二階堂さんは全身汗びっしょりになりながら何時間も広い墓地をさまよい歩いたのだという。

「これは本当におかしい、と我に返るしかなかったよ」

彼はそう言って薄い笑みを浮かべた。

ツテを頼って三人の専門医に診断を仰いだという。各種の検査結果を見て、そのうちの二人は若年性アルツハイマーを否定し、加齢による記憶力の減退だと言ってくれたようだ。ただ、残りの一人の医師は、はっきりと若年性アルツハイマーの初期症状であると告げたのだった。

三人のうち二人の診断を取るか、それとも一人の診断を信ずるか？

だが、答えは最初から出ていたと二階堂さんは言った。

「それぞれの診察を受けたとき、検査結果が出る前から誰の言うことを信ずるべきかはすぐに分かったよ。それくらいの場数はさすがに仕事の中で踏んできたからね。そして、その意中の人が、アルツハイマーだと言ったんだ」

それからはこの病気について猛勉強をしたのだそうだ。

「三ヵ月で大体のことは理解できた。そういう意味ではまだまだ俺はボケていないと自信を持てたくらいだ。で、この病気には決定的な治療薬も治療法もいまのところ存在しないこと、だが、症状自体は人にもよるけれど非常にゆっくりと進行していくということ。そして何年かそれなりに平穏な経過を辿った後、一気に症状が悪化していくということ——

そういうことが分かった」

二階堂さんは自分の記憶を確かめるような表情を何度か浮かべ、冷静に若年性アルツハイマーの病態を説明してくれた。

「最後は歩くことも立ち上がることもできなくなるんだ。喋ることもできなくなる。自分でトイレに行くのも難しくなる。ベッドにただ伏して、じっと死を待つという時間が恐ろしく長くなる場合もある」

二階堂さんは以来、件の医師の病院で一年に一度、病気の進行具合を診て貰ってきたのだという。そして去年の七月、医師から、進行が早まっているとの診断結果を突きつけられたのだった。

「あとどれくらいで深刻な状態になりますか？」

二階堂さんの問いに、医師は、

「一年から二年でしょうか。ですからそろそろお子さんたちに病気のことをカミングアウトして、その後の療養のための段取りをつけることをお勧めします」

と答えたという。

「会社を任せている磁一にも、認知症の姑の世話であれほど苦労している陶子にも、まさか僕がアルツハイマーでいよいよ自力での生活が難しくなるだなんて言えるわけがないだろう。ただ、今回は先生からそんな話が出るだろうというのは自分でも薄々察してはいたんだ」

二階堂さんはそう言い、ちょっと泣き笑いのような表情になる。そして、

「旭ちゃん、僕には、もう券売機で切符を買うことも難しくなっているんだよ」

と付け加えたのだった。

30

磁一さんから連絡が入ったのは、六日金曜日の午後だった。

四日には二階堂さんの訃報が新聞に出て、そこにはすでに密葬が終わったこと、近々「お別れの会」が開かれるが、日程や会場は未定であることなどが記されていた。

「今夜、八時過ぎにちょっと寄っていいかな」

お悔やみの簡単なやりとりを終えたあと、磁一さんが言った。

「もちろんです。それより私がどこにでも出向きますが」

「いや、そっちがいいんだ」

「ご飯はどうします？」

磁一さんは「モトキ」の常連でもあった。

「さすがに今夜はいらないかな」

そう言うと、「じゃあ、八時過ぎで」と言って彼は電話を切ったのだった。

午後八時を回り、最後の客を見送った直後にドアを開けて黒いコート姿の磁一さんが入ってきた。

「やあ」

と笑みを浮かべ、

「年始の挨拶は省略ね」

ちょっとおどけたように言う。父親とは違って、磁一さんは生来の陽気さを持っている。男としての力強さや凄みには欠けるが、あたたかみは人一倍の人だ。

「あいつは、案外、うちの親父に似てるんだよな」

いつぞや二階堂さんがぽつりと洩らした言葉を旭は忘れない。〝大井町のドン〟と呼ばれた誠一氏は〝案外〟こういう人だったのかもしれないと妙に納得できたのだ。

ただ、旭は二階堂さんのようなタイプの男の方が好みではあった。

カウンターに座った磁一さんにビールを出す。

「ありがとう」

律儀に礼を言って、彼はグラスを持ち上げる。

「ハンバーグ、焼かなくていいの？」

「うん。さっき軽く食べてきたから」

美味そうにビールを飲み干し、旭がもう一杯注ぐと、それも半分ほど飲んだ。

「なんか喉が渇くんだよね。親父が死んでから」

面白いことを言った。

「なんでだろう？」

自分で言って自分で首を傾げている。

「私もそうだったよ。父が亡くなったとき」

旭が言うと、

「へぇー、そうだったんだ」

感心したような声が返ってきた。事実、思い出してみれば、旭も元基が急死したあとしばらく、やたらと喉が渇いていた気がする。

「あのときは、泣き過ぎたからだろうって勝手に思ってたけど……」

「なるほど」

磁一さんが頷く。

「大事な人を失ったら、身体の水分が奪われるんだよ、人間は」

旭の言葉に、

「なるほど」

また磁一さんが頷く。

その様子が妙に痛々しかった。

「私も飲むね」

旭も自分のグラスとビールを持ってくる。カウンター越しに軽くグラスをかざしてから一息で注いだビールを飲み干した。

「いろいろ聞いているよね？」

磁一さんが少し探るような目になって言った。

「プレジャーボートで沖に出たって……」

そもそも二階堂さんと海とがまるで結びつかなかった。

「僕も全然知らなかったんだ」

磁一さんが言う。「何を？」という顔をしてみせると、

「親父がプレジャーボートなんて持ってることもそうだし、それより何より船舶免許を取ってたのも今回初めて知ったんだ」

「ほんとに？」

さすがに旭も驚く。

「船舶免許を取得したのは三年前で、ボートを買ったのは去年だよ。しかも記録を調べて貰ったらボートを沖に出したのは、あの日で三回目だったらしい」

「三回目？」

磁一さんが頷く。

「ということは……」

「そう。親父は自殺するために三年前に船舶免許を取り、去年プレジャーボートをわざわざ購入したんだと思う」

磁一さんは手酌でビールを注ぐ。旭はもう一本、新しいのを冷蔵庫から出してカウンターに置き、空になった瓶を回収した。

「だけど、どうして自殺なんてしたのか理由がまったく分からないんだよ」

「遺書があったって聞いたけど」

「理由については一切触れてなくて、死ぬと決めたということとあとは遺産についてだけだった。それもすでに遺言状が作成してあるからそれを見ろって」

どうやら二階堂さんは最後の最後まで自分の病気を明かすことなく死んでいったようだった。

「旭さん、何か思い当たることはないかな？」

磁一さんが言う。

「ごめんなさい。訃報を知って私もいろいろと振り返ってみたんだけど……」

そう言って旭は首を横に振るしかない。

「そうか……。旭さんでも分からないんだ……」

「女の人がボートに一緒に乗っていたって聞いたけど」

一番知りたかったことを持ち出した。

その女こそが〝三人目の女〟に違いないのだ。

「うん」

磁一さんがまた頷く。

「誰なの、その人？」

「若い人で、親父とは書道教室の仲間だったらしい」

――書道教室の仲間だった若い女性？

訳が分からなかった。

「これも今回初めて知ったんだけど、母が闘病している頃、親父は書道を習ってたみたいなんだよ。なぜ急にそんなことを始めたのか皆目見当もつかないんだけど。それもわざわざ新宿の教室まで行っててね。で、その教室で一緒に習っていたのが、その原さんって子で、彼女は当時中学生だったらしい」

「中学生？」

「そう。親父は母が亡くなった直後に教室をやめたんだけど、でも、彼女とはずっと付き合いが続いていて、当時中学生と言ってもいまは二十五歳になっているから、あの日は久しぶりにその原さんを誘って初日の出を拝むためにボートを出したらしい」

「何、それ？」

二階堂さんが旭にあの交換条件を提示してきたのは二〇一四年の十一月だった。

それまでには順子ママと、その原という女の子に対しても似たような交換条件を飲ませた上で、何らかの便宜供与を行なっていたはずだ。

市子さんの闘病中に通い始めた書道教室で出会った中学生となると、二階堂さんが話を持ちかけたとき、まだ彼女は高校生くらいだろう。

「磁一さんは、その原さんとは会ったの？」

「もちろん。第一発見者だからね」

「それで？」

「彼女も物凄く混乱していてほとんど話ができないような有様だったよ。大晦日に突然、親父から電話があって、新砂（しんすな）のマリーナで待ち合わせることになったらしい。で、沖に出て二人で初日の出を拝んだんだけど、余りの寒さに彼女はキャビンに避難した。親父は写真を撮るとか何とか言ってデッキに残って、いつまで経ってもキャビンに来ないもんだから心配になった彼女が外に出てみたら、誰もいなかったってことらしいよ」

「だけど、二階堂さんはどうして彼女を一緒に連れて行ったんだろう。海に飛び込むんだったら一人でもよかったんじゃない？」

「僕もそう思ったんだけど、警察が言うには、できるだけ早く通報して貰って、自分の遺体が傷むのを避けたかったんじゃないかって。幾ら冬の海でもやっぱり長く浸かっていると損傷が激しいみたいで」

「じゃあ、その原さんっていう女性は、二階堂さんが自殺するなんて思いもよらなかったってことだね」

「うん」

磁一さんは持っていたビールグラスをテーブルに戻し、

「彼女と会ったときの様子からして、それは間違いないと思う」

と言った。

それからさらに一時間ほど話して、磁一さんは引き揚げていった。そのあいだにも何度か、旭が父親の死の真相を知っているのではないかと探りを入れてきたが、旭は素知らぬ態でやり過ごした。

病気のことを除けば、旭にもなぜ二階堂さんがそんな死に方をしたのか見当がつかなかった。まして、原という二十五歳の女性がどうして〝三人目の女〟に選ばれたのかも、彼女が二階堂さんと本当はどのような関係だったのかもまるで分からない。

そういう素直な困惑ぶりは、磁一さんの目には却って旭の〝潔白〟を印象づけたような気がしないでもなかった。

0

自分の記憶が消えていくと知ったとき、最初は、どんなに頭がボケても絶対に忘れることのできない鮮烈で甘美な思い出を作ってやろうと俺は思った。

他のあらゆる記憶、自分の性別や名前や生年月日や妻や子や友人の存在や、学歴や仕事や初恋や恋愛や、そんなもろもろの全部がたとえ消えてしまったとしても、それでも頑として残る強靭な快楽の記憶を手に入れてやろうと……。

病気が進んで何も分からなくなったときは、俺は、そうやって残した虎の子の記憶を毎日せっせと取り出して、愛で、撫で回し、しゃぶり尽くして生き抜いてやるんだって。

考えてみればそれって最高の人生だろう。それこそが永遠の快楽というものの正体なんじゃないのか？

だが、この病気のことを詳しく知るうちにそんなことは到底無理に違いないと思うようになったんだ。現実に記憶が徐々に失われていくプロセスを体験してみて、この病気がもたらす脳への打撃のすさまじさを実感した。とてもじゃないが、これに耐え得るような強靭な記憶を作り上げることなんて俺には不可能だってようやく覚ったよ。

だけど、もうそのときには、あの女たちとの特殊な契約はすでに締結済みだった。

俺は、どうにか女たちとの契約にまで漕ぎ着けながら、結局、肝腎の契約内容を放棄するしかなくなってしまったんだ。

こりゃあ、もう生きられない、と覚悟を決めるしかなかった。

少なくとも、俺が俺として生きていくことは諦めざるを得ないんだって。

悔しかったよ。俺の人生は、一体何のための人生だったか分からないって泣けて泣けて仕方がなかったんだ。

もはや俺に残された道は、生きながらに自らを奪われつつ死んでいく悲惨な道だけなのかって。

そんなときだった。ふっと死んだ市子のことを思い出したんだ。

難しいがんを患った彼女は、最後の数ヵ月はとてつもなくつらそうだった。身体は見る影もないほどにやせ細って、水も飲めないくらいに衰弱して、痛みを堪えながらあいつは健気（けなげ）に死んでいったんだ。

市子を看取ったとき俺は思った。ああ、俺は、この最後の凄絶な市子の姿しか思い出すことができなくなってしまったって。彼女が若く美しかった頃、子供たちと幸せに暮らしていた頃の記憶は俺の頭の中から完全に蒸発してしまったんだって。

それどころか、自分が死ぬ瞬間、他のあらゆる記憶を押しのけて、この強烈な記憶だけが俺の脳みそを占拠してしまうのかもしれないって。

だけど、不意にそのことを思い出したとき、おい、ちょっと待てよって俺は気づいたんだ。

それってどういうことだろうって。

俺は俺の頭の中に自身の記憶を焼き付けておくことができなくなった。どんなに強烈な記憶を手に入れても、俺の脳はそいつをきっと破壊する。というよりも、それはどれほど堅牢な要塞を築いても、肝腎の大地がひび割れて、要塞は要塞として建っていられなくなるのと同じなんだ。俺の脳の中では強い記憶も弱い記憶もありはしない。全部がぶっ壊れてしまう。

だから、最後の市子の姿だけは一生忘れられないと思ったとしても、それでも俺はきっとその姿を忘れてしまう。市子がこの世に存在したことでさえ、きっと分からなくなってしまうんだ。

だが、俺がこんな病気を抱えていなければどうだろう？

いまの俺がそうであるように、死んでいく間際の市子の凄絶な姿は生涯に亘って消えもせず、かすれもせずに俺の記憶のど真ん中に頑として居座り続けるに違いない。

だとしたら、俺自身の記憶も、こんな病魔に冒された自分自身の脳ではなくて、どっか別の人間の健康な脳に移し替えてしまえばいいんじゃないのか？

そうすれば俺本体がたとえどうなっても、俺という存在の記憶は別の人間の中で確実に、そして鮮烈に生き残っていくのではなかろうか。

問題は、末期の市子があのときの俺にそうしたように、どんなことをしたって忘れられないような強靭な記憶をその相手に植え付けなくてはならないってことだ。

俺にとっての〝その相手〟というのは決まっていた。

そう。すでに契約を結んだあの三人の女たちだ。あの女たちに一生消せない強烈な記憶を残すことができれば、俺がこの世界からきれいさっぱりいなくなっても、俺という人間の記憶は彼女たちのなかで生き延びてくれる。

じゃあ、一体どんなことをすれば、彼女たちは俺を忘れることができなくなるのか?

この数年、俺はそのことを必死になって考えた。

不可逆的な分解過程にある俺の脳は、あるとき一気に地滑り的な崩落を起こすだろう。その微かな予兆を捕まえて、俺はその前に彼女たちに決して消えない〝俺という刻印〟を焼き付けなくてはならない。

悪名は無名に勝ると言うではないか。

真っ赤に焼けた焼き印を押しつけるように、俺はあの女たちに激しい痛みと共に二度と消えない鮮烈な記憶を残そうと思う。

死んだ後も、俺が、そうやってあの女たちの中で生き続けていくために。

本書は書き下ろしです。

白石一文（しらいし・かずふみ）

一九五八年福岡県生まれ。早稲田大学政治経済学部卒業。出版社勤務を経て、二〇〇〇年に『一瞬の光』でデビュー。〇九年『この胸に深々と突き刺さる矢を抜け』で山本周五郎賞、一〇年『ほかならぬ人へ』で直木賞を受賞。その他の著書に『僕のなかの壊れていない部分』『草にすわる』『見えないドアと鶴の空』『もしも、私があなただったら』『どれくらいの愛情』『永遠のとなり』『幻影の星』『ファウンテンブルーの魔人たち』『我が産声を聞きに』『道』『松雪先生は空を飛んだ』など多数。

投身（とうしん）

二〇二三年五月三十日　第一刷発行

著者　白石一文（しらいしかずふみ）
発行者　花田朋子
発行所　株式会社 文藝春秋
〒一〇二－八〇〇八
東京都千代田区紀尾井町三－二三
☎〇三－三二六五－一二一一
印刷　大日本印刷
製本　大口製本
組版　萩原印刷

　ISBN978-4-16-391697-2

『僕のなかの壊れていない部分』

僕のなかの壊れていない部分
白石一文
文春文庫

昔の男が住む京都で、美しい恋人はどんな反応をするのだろうか。悪意のサプライズ旅行を企画した二十九歳東大卒・出版社勤務の「僕」は、同時に三人の女性と関係を持ちながら誰とも深く繋がろうとはしない。理屈っぽく嫌味な言動、驚異の記憶力の奥にあるのは、絶望か渇望か。

「自分の人生にとって本質的なことからは決して逃れられない」――切実な言葉たちが読者の胸を貫いてロングセラーとなった傑作。

解説・窪美澄